CRIMEN EN LOMBARD STREET #113

TONY RUANO

CRIMEN EN LOMBARD STREET #113
Edición, 2021

Copyright ©: **Tony Ruano**
tonyruano@outlook.com

©Diseño y Maquetación: ENZOft Ernesto Valdes

CRIMEN EN
LOMBARD STREET #113

Tony Ruano

ÍNDICE

A Adria Lourdes, mi eterna dama de siempre.

PRÓLOGO

Entre la niebla distinguió al policía que cubría la ronda. Gritó lo más alto que pudo. El guardián se dirigió hacia el lugar de donde venía el alarido y al llegar al lado de la persona detuvo la bicicleta y le preguntó:

—¿Sucede algo, caballero?

—¡Rápido! —dijo Paul—. ¡No pierda tiempo! ¡Busque un vehículo en qué transportar dos enfermos graves al hospital! Pero no pierda tiempo, por favor. Lo espero en Lombard Street #113.

El agente llegó con la ambulancia veinte minutos después de que Paul le avisara. Cuando vio que nadie le esperaba consideró que había sido víctima de una broma de mal gusto o de alguien que quiso desviarlo o distraerle en su recorrido. Sólo la curiosidad, al encontrar la puerta abierta de la casa, le hizo entrar y subir las escaleras. Cuando llegó a la sala de estar sufrió un gran impacto.

No podía dar crédito a lo que sus ojos estaban viendo. Retorciéndose en el piso, víctimas al parecer de intensas convulsiones, estaba el hombre que le había dado aviso y otras cinco personas más, entre ellas una niña. Tomó la niña en sus brazos y bajó las escaleras apresuradamente. Acomodó el frágil cuerpecito en la camilla y le ordenó al chofer:

—¡Llévela al hospital y que envíen otras tres ambulancias de inmediato! Allá arriba quedan cinco personas más en las mismas condiciones. Al parecer esto es muy grave. ¡Apresúrese!

****

La jornada había sido tan intensa en el hospital esa noche que los médicos de guardia no habían relacionado el vínculo existente entre las seis personas que habían arribado al hospital en el transcurso de la última hora, con síntomas inequívocos de gastroenteritis colérica. Pero al jefe de la sala, a la cual habían sido remitidos los enfermos, sí le pareció sospechoso que todos vivieran en una misma dirección y, más aún, que solo dos de ellos estuviesen en estado sumamente grave; motivo por el cual llamó al director del hospital para darle a conocer las sospechas que tenía de que pudieran estar ante un envenenamiento colectivo. Ante esta hipótesis de su colega, el doctor William Rust decidió visitar a los pacientes. Estudió con detenimiento los diagnósticos y ordenó, con urgencia, pruebas especiales de laboratorio para determinar las causas del fenómeno. Cuarenta minutos más tarde arribaba, al despacho del doctor Rust, el informe del laboratorio.

LOMBARD STREET #113

CAPÍTULO I

En la casa de huéspedes de Mrs. Mary Gautal celebraban el regreso de Luisa Hayen y de su pequeña hija Annie, luego de una estancia de ocho días en Francia para visitar a su tía.

Luisa aún se asombraba al recordar a su anciana tía y la estancia en suelo francés de ella y su niña; pero sucedió y lo importante era que de nuevo pudo estrecharla entre sus brazos y que, a pesar de los años, la tía aparentaba gozar de muy buena salud. Además, los aires de Francia le habían servido de tónico para sus frágiles nervios. La espeluznante pesadilla de la muerte del padre de Annie cuando la niña aún no contaba los tres años; luego, la ruina económica, motivada por la pérdida de todos los negocios heredados de su esposo, producto de la ineptitud de su entonces administrador y ahora su compañero sentimental, Alfred Hayen, la habían dejado exhausta, destruida, incapaz de tomar decisión alguna y en plena dependencia de su actual marido.

Para celebrar, Mrs. Gautal había preparado una cena especial: panecillos de mantequilla recién horneados, sopa de repollo, patatas hervidas, vegetales, pavo en salsa de manzana y para los postres pastel de vainilla. Como complemento, la cena estaría acompañada del vino que Luisa había traído de su viaje.

La cena estaba casi servida cuando el matrimonio Donalt se presentó en el comedor.

—¡A la mesa, por favor! No dejemos que se enfríen los alimentos —reclamaba Mrs. Gautal.

—No le daremos tiempo —respondió Luisa con la botella de vino recién descorchada en sus manos—. Este banquete no es como para dejarlo enfriar.

—Gracias, Luisa. Me alegro de que le agrade. La cena es en honor a su regreso.

—Le agradezco; pero no creo merecer la deferencia —afirmó Luisa.

—Mereces eso y mucho más querida —exclamó Alfred Hayen, quien arribaba al comedor de la mano de la pequeña Annie.

—¡Caramba! Veo que han mejorado las relaciones entre ustedes —señaló Jeannie Donalt, dirigiéndose a Alfred Hayen al tiempo que tomaba asiento.

—Por mi parte las relaciones con Annie siempre han sido buenas, Mrs. Donalt. Lo de ella son niñerías que irán pasando con el transcurso del tiempo.

—¡Sentémonos, por favor! ¡Sentémonos a comer! —reclamaba Mrs. Gautal, mientras colocaba en la mesa la humeante sopera.

Los panecillos desaparecieron rápidamente de la canasta que los contenía. Consumieron la sopa con avidez y ya estaban saboreando el pavo con patatas y vegetales cuando Paul Donalt hizo la observación.

—¿No va a degustar el vino, Luisa? ¡Está magnífico!

—Todavía no supero la aversión a los licores, Mr. Donalt. Gracias.

—Es una lástima. Se pierde algo realmente bueno —dijo Jeannie Donald dando un largo sorbo a su copa.

—¿Quieres probarlo, Annie? —Le preguntó Alfred a la niña.

—¡No! Gracias. Dice mamá que las niñas no consumen licor.

—Y así es realmente, cariño. El alcohol no es bueno para la salud —recalcó Luisa.

—Un sorbo no le hará daño, Luisa, por favor —dijo Alfred.

—¡No, y basta! —Se escuchó cortante la respuesta de Luisa.

—¿De qué es el pastel? —preguntó Annie—. ¿De chocolate?

—Lo siento. Es de vainilla y sé que te va a encantar —respondió Mrs. Gautal.

—Claro que me encantará —dijo Annie—. Si supieran que el chocolate ya casi ni me gusta.

Todos rieron ante la ocurrencia de Annie. Paul Donalt se fue a la cocina y regresó con el pastel. Lo cortó y ofreció un generoso pedazo a la niña. Finalizada la cena, Mrs. Gautal propuso a sus inquilinos que pasaran al recibidor, mientras ella retiraba el servicio. Todos aceptaron exceptuando a Luisa, que se ofreció a ayudarla en las labores. Poco después las dos mujeres se unieron al resto del grupo que sostenía una muy animada conversación.

—¡Deliciosa cena! —exclamó Alfred, fijando su mirada en la lumbre del cerillo con que acababa de prender el cigarrillo.

—Yo diría ¡fenomenal! —añadió Paul que jugueteaba con los rizos de Annie.

—A propósito, Luisa, cuéntanos algo acerca de la moda en Francia —dijo Jeannie Donalt.

—¿Visitaste alguna casa de modas? —preguntó Mrs. Gautal con una curiosidad casi infantil dibujada en su rostro.

—No, no frecuenté sitio alguno. Solamente fui a visitar a mi tía Cristine. Estaba muy deprimida y sin ánimos de fiesta para ese entonces —respondió cortante Luisa.

La charla se detuvo. Las miradas se cruzaron en signo de entendimiento. Luisa bajó la cabeza y mantuvo su mirada clavada en el piso de la habitación. El silencio dominó el ambiente por unos instantes y fue Paul Donalt quien decidió recomenzar la conversación al preguntar.

—¿Dónde vive su tía?, Luisa.

—La tía vive en la región de Provenza, Paul. Imagínese, cuando llegué a mi destino estaba agotada —respondió Luisa.

—Pues yo no me cansé nada y en cuanto llegamos me fui a pasear con la tía Cristine y su gata amarilla y todos me saludaban y todos me daban besos y todos me ofrecían golosinas y todos me prometían cosas y todos me preguntaban adónde yo vivía y todos querían saber de mis amigos y...

—Basta, preciosa, nos vas a marear con esa seguidilla. Respira profundo y después hablas. ¿Te parece bien? —dijo Luisa dirigiéndose a la niña.

—¡Sí! De acuerdo; pero no les conté de las galletas recién horneadas, ni del pastel de chocolate que me hizo la tía para mí sola, ni de los quesos que me ofrecía diariamente, ni de la perra que tuvo ocho cachorros de un mismo color, ni del caballo que...

—Bueno, Annie —interrumpió Alfred—, ¿te parece bien si le damos una oportunidad a tu mamá para que nos cuente cómo le fue por allá y nos brinde las impresiones de su viaje?

La niña no escondió su disgusto al escuchar las palabras de Alfred. Bajó la mirada, frunció el seño y se metió aún más debajo del brazo de Paul, que le brindaba amparo. Luisa la observó largamente y luego de un breve silencio comenzó a hablar.

—La tía Cristine está bien a pesar de sus años. En cuanto a las impresiones recibidas, puedo decir que fueron tonificantes. Se han superado muchos de los problemas creados por la guerra y ya se habla de reconstruir; y surgen nuevos sueños... y así... Al menos eso fue lo que pude percibir en mis pocas conversaciones y lo que extraje de la lectura de los periódicos. Saben, todos los días Annie y la tía Cristine salían a pasear por los villorrios cercanos y a veces pasaban horas y horas y no aparecían; yo aprovechaba ese tiempo para leer y ponerme al día. Leí muchísimo, porque Annie no dejó de pasear un solo instante.

—¡Anjá! Conque esas tenemos, pequeña. Así que paseando mientras a nosotros nos consumía el tedio, ¿eh? —le reclamó Paul Donalt a la niña, en tono risueño, para sacarla del simulado aburrimiento en que se encontraba.

—Sí. Disfruté mucho, pero te traje la pipa que me pediste —dijo Annie mientras se echaba a correr por el pasillo que conducía a las habitaciones privadas de los Hayen.

—¿Qué significa esa historia de la pipa, Paul? —preguntó Luisa—. Annie no me ha dejado tranquila ni un instante durante el viaje de ida hablándome de la pipa. Hasta llegó a decirme que no regresaba sin ella. ¿Qué le prometió usted a cambio?

—¡Oh! Nada importante —respondió Paul—. Le dije a Annie que si me traía una pipa francesa le iba a regalar una muñeca pelirroja.

—¡Ah! ¡Conque esos eran los compromisos! Pero me parece que le va a salir un poco costosa su pipa. ¿No le parece, Paul? —dijo Luisa.

—No se preocupe, Luisa, de todas formas, yo pensaba regalarle la muñeca —contestó Paul.

El ruido, por la carrera de la niña, llegaba desde el pasillo. Con la cara resplandeciente la pequeña extendió la pipa a Paul que, emocionado, la escuchaba exclamar entre jadeos:

—¡Mira! ¡Mira! ¡Aquí la traigo! ¡Y mira qué lindo dibujo tiene! ¡Es linda! ¡Verdad Paul! ¿Te gusta? Dime Paul. ¡Verdad que es muy linda! ¡Dime! ¿Te gusta?

Paul Donalt contempló emocionado la pipa. Luego, dirigiendo una sonrisa a la niña, la tomó en brazos y sentándola en su regazo besó su mejilla.

—Gracias, Annie. ¡Me ha gustado mucho, mucho, mucho!

—¡De veras, Paul! ¡Te gusta! —exclamó entre aplausos la pequeña Annie.

—¡Cómo no me va a gustar si me la has traído tú, preciosa! —respondió Paul.

Jeannie Donalt se incorporó de un salto y sin despedirse echó a correr por el pasillo sollozando. Ya en su habitación se dejó caer pesadamente sobre el lecho, mientras se reprochaba el no haberle podido dar un hijo a su esposo.

CAPÍTULO II

Eran las cinco de la madrugada cuando sonó la alarma del reloj. Alfred se despertó. Luisa y Annie dormían. Se vistió presuroso y se dirigió al baño. Regresó a su habitación. Dejó la toalla húmeda en el respaldo de la silla. Se cercioró de que madre e hija dormían aún y fue con paso ligero hacia la cocina donde Mrs. Gautal le esperaba.

—Buenos días —dijo Mrs. Gautal cuando le vio llegar—. No hay un beso para mí —agregó en forma de reproche al percatarse de la frialdad de Alfred Hayen.

—¿Quieres buscarme un problema? ¿No te das cuenta de que pueden oírnos? Recuerda que ya Luisa regresó —respondió Alfred mientras iba a sentarse a la mesa.

—Perdona. No sabía que le temieras tanto.

—No, nada de eso. Pero debes comprender que Luisa me tiene en sus manos. Si nos descubre seguro me presentará el divorcio.

—Sería lo más conveniente para todos, ¿no crees? —dijo Mrs. Gautal.

—¿Serás tonta? No comprendes que, si ella ordena una revisión de sus bienes, iré a la cárcel por el resto de mi vida.

—Si sigues pensando así jamás podremos formalizar lo nuestro. ¡Tienes que decidirte de una vez y tomar una determinación! —respondió Mrs. Gautal.

—¡Cálmate! Lo que sucede es que estás nerviosa. Dame un poco más de tiempo —dijo Alfred en voz baja.

—¿Y hasta cuándo tendré que esperar? ¿Hasta que seamos viejos e incapaces de todo? —inquirió la casera exasperada, para agregar a continuación—: Te aseguro que solucionaré esta situación. ¡Te lo aseguro!

—Por lo que veo estás dispuesta a todo —*dijo* Alfred mientras apuraba el último sorbo de café.

En esos precisos instantes Luisa Hayen regresaba a su dormitorio, luego de haber escuchado la conversación entre su esposo y Mrs. Gautal.

Daban las siete cuando el matrimonio Donalt irrumpió en el comedor.

—¿Está el desayuno? Créame que tengo un apetito enorme —dijo Paul al tiempo que se sentaba a la mesa.

Jeannie lo fulminó con la mirada. Paul desdobló la servilleta, la colocó en sus rodillas, se acomodó en la silla y cortó un pedazo de pan. Levantó la vista y comprobó que su esposa aún le tenía clavada la mirada, por lo que lanzó una pregunta buscando relajar la tensión que reinaba en el ambiente:

—¿Hoy desayunamos solos?

Hubo un silencio. Mrs. Gautal y Jeannie se miraron entre sí y no articularon palabra. Paul se sentía miserable y cuando iba a pedir disculpas entró Annie al comedor dando saltitos. Se detuvo ante el canadiense. Lo besó y después se sentó a su lado.

—Buenos días a todos —dijo Luisa que llegó tras Annie.

Jeannie Donalt observó detenidamente a Luisa, para luego preguntarle:

—¿Se siente usted bien, Luisa?

—Lo de siempre —contestó Luisa, algo nerviosa.

—El café está más fuerte de lo acostumbrado — aclaró en tono de disculpa Mrs. Gautal, mientras colocaba la jarra humeante frente al matrimonio canadiense.

—No tiene la menor importancia. Yo no voy a desayunar —manifestó Luisa haciendo un ademán de desagrado.

Mrs. Gautal se volvió rápidamente hacia Luisa para preguntarle:

—¿Ni siquiera los huevos y el tocino, Luisa?

—No, Mrs. Gautal. Ni aún eso me provoca. Gracias —expresó Luisa en tono áspero y poco acostumbrado en ella.

—¡Y que está rico el tocino! ¿Puedo comerme el tuyo, mamá? —dijo Annie, al tiempo que engullía el último de sus pedazos.

Luisa observó a la niña con un profundo amor reflejado en su mirada.

—Si así lo deseas hazlo, cariño. —Y volviéndose hacia la dueña de la pensión argumentó—: Mrs. Gautal, ¿no piensa usted poner remedio a las ratas? Si continúan como están...

Mrs. Gautal detuvo levemente sus labores y encarando a Luisa, respondió:

—Sabe, Luisa, hace días que pienso en ello. Tan pronto como mañana preparo una pasta raticida para eliminarlas.

Esa noche, apenas iniciada la cena, un comentario de Paul Donalt ensombreció el ambiente:

—¿Dónde estaba guardado este pan? Parece mordido por las ratas.

—Permítame ver —dijo Mrs. Gautal, tomando en sus manos el pedazo de pan.

—Discúlpenme, le aseguro que no volverá a suceder —afirmó con las mejillas encarnadas después de comprobar que el pan estaba roído por uno de sus extremos.

—No le preste atención. Son sólo bromas de este zorro —dijo Jeannie.

—Sí le tengo que prestar atención, pues este es mi negocio —contestó Mrs. Gautal y continuó—: A propósito, Alfred, ¿podrá usted traerme arsénico de la farmacia para preparar una pasta raticida?

—Trataré de complacerla Mrs. Gautal. Aunque no es fácil conseguir arsénico haré mi mayor esfuerzo para satisfacer su deseo —respondió Alfred.

Al finalizar la cena todos pasaron, como de costumbre, a la sala de estar. Luisa Hayen y Mrs. Gautal quedaron a la zaga recogiendo el servicio. Luego que todos se hallaban reunidos en el pequeño salón, Paul Donalt, dirigiéndose a Annie, dijo:

—Sobre aquel estante hay algo para usted, mi pequeña amiga.

Annie se incorporó de un salto y fue hacia la caja que estaba encima del mueble.

—¡Ayúdenme, que está muy alta para mí!

—Coloca una silla y bájala tú sola. No te acostumbres a depender de los demás —le ordenó Alfred, enérgicamente, a la niña.

Annie corrió a buscar la silla. La colocó al lado del mueble. Alargó sus manos y cogió el voluminoso paquete. Tomó impulso y de un salto bajo de la silla.

—¡Ya está! Ahora a ver qué tiene adentro —dijo la niña como si ignorara lo que contenía el paquete. Lo abrió y a grandes voces exclamó—: ¡Es mi muñeca! ¡Mi muñeca nueva! ¡Qué bueno eres, Paul! Te quiero mucho… —Y de un salto se sentó en sus rodillas.

—Ahora serán dos vestidos en vez de uno, pues a la muñeca habrá que hacerle uno igual que el de su dueña —aseguró Luisa.

—¿De veras que hay vestido nuevo, mamá? ¿Cuál será el color? —preguntó la niña con su pequeño rostro lleno de gozo.

—De veras, nena. En cuanto al color tú lo elegirás. ¡Ahora da las buenas noches y vamos a dormir! Mañana nos levantaremos temprano. ¡Buenas noches para todos! —deseó Luisa mientras tomaba del brazo a la niña, dispuesta a retirarse a sus habitaciones.

—¡Buenas noches! —deseó Annie mientras se marchaba con su nueva muñeca pegada a la mejilla.

La noche se hizo larga para Luisa, que no logró conciliar el sueño.

Al día siguiente fue de tiendas con Annie. Compró un paño azul y unas cintas blancas, para la nueva prenda que se disponía a coser en breve. Llegaron tarde a la casa. Luisa dejó a Annie en su dormitorio y fue a la cocina con el fin de ayudar a Mrs. Gautal. Cuando todo estuvo dispuesto, se sentaron a comer en compañía del resto de los habitantes de la casa.

La velada fue alegre y llena de esperanzas para los Hayen, pues mientras Luisa daba puntadas en el paño azul, Alfred dijo:

—Me han aumentado el sueldo.

—¡Felicitaciones! —exclamó Paul tendiéndole la mano—. ¡Que sea para el bien de su familia! —le deseó Jeannie.

—¡Enhorabuena! —dijo Luisa.

—¿Me comprarás un par de zapatos nuevos para el vestido azul, Alfred? —preguntó eufórica Annie.

—Seguro, pequeña —respondió Alfred mientras volteaba la página del libro que tenía en sus manos.

—Como impuesto tendrá que comprar unas naranjas para celebrar el acontecimiento —propuso

Mrs. Gautal con una sonrisa jugueteándole en los labios; agregando, luego de una corta pausa—: ...¿Y el arsénico que le encargué?

—Pierda cuidado —respondió Alfred—. Prepararé la pasta raticida esta misma noche.

****

Ha transcurrido una semana desde que regresaran Luisa y la pequeña Annie a la casa de huéspedes de Mrs. Gautal. En la mesita del salón descansan las tazas de té ya vacías. Al lado de éstas, semivacía, está la azucarera.

—¿Qué sucede en esta casa con el azúcar, últimamente? —preguntó Mrs. Gautal mientras recogía el servicio.

—Pues no sé —respondió Paul—. Desde hace días, después de la cena, percibo un sabor amargo en la boca. Es por eso por lo que recargo de azúcar el té. Aunque no me sucede a mí solamente. También a Jeannie le ocurre lo mismo. Hoy consultamos a nuestro doctor, al respecto, y nos dijo que podría ser un mal funcionamiento del hígado.

—Yo de eso estoy segura —afirmó Jeannie—. Para colmo hasta irregularidades digestivas estoy padeciendo. Sin embargo, ahora tengo mejor apetito. Es algo realmente raro. ¿No les parece?

—Lo del apetito puede ser debido a la estación en que estamos, pues en invierno se suele comer de más, y quizá también se deba a la copa de vino francés que nos regalamos en las comidas después del regreso de Luisa. Pero, coincidentemente, a mí me sucede lo mismo y consideraba que era producto del exceso de cigarrillos —dijo Alfred.

—Eso no quiere decir que ustedes se hayan enfermado del hígado por beber una copa de vino en la cena. Al contrario, un poco de alcohol diariamente beneficia el funcionamiento del organismo —afirmó Mrs. Gautal.

—Quizá tenga usted razón, Mrs. Gautal. Reduciré el consumo de cigarrillos.

—Nosotros debemos seguir ese buen ejemplo, Paul —dijo Jeannie volteándose a ver a su esposo.

—Lo que les sucede a ustedes es que ya están muy mayores. Mírenme a mí. A mí no me ocurre absolutamente nada —interrumpió Annie arrancando sonrisas con su comentario. Para a continuación argumentar dirigiéndose a su madre:

—¡Oye, mamá! ¿Y cuándo estreno mi vestido?

—El día en que Alfred cobre su primer aumento. Habrá cena especial y debemos vestirnos elegantes para la ocasión —respondió Luisa.

—¿Y cuánto falta para eso, Alfred? —preguntó la niña volviéndose hacia él.

—Siete días —contestó Alfred sin despegar los ojos de la lectura.

—Déjeme decirle algo, antes de que se me olvide, Alfred: necesito que prepare más raticida. Por cierto, que para que el doctor Pamer consintiera a extenderme la receta por poco tengo que llevarle todas las ratas de la casa —dijo Mrs. Gautal.

—¿Y para qué volvió a comprar arsénico? Ahí quedaba suficiente para preparar otra mezcla.

—Sí. Usted tiene razón, sobró arsénico; pero no estaba donde yo lo guardé. Parece que alguien lo utilizó para jugar a las amas de casa. He visto algo que así lo indica en el depósito de la basura —aclaró Mrs. Gautal.

—¡Pero qué descuido tan grande! Donde viven niños se deben tener esos productos muy bien guardados —exclamó Luisa exaltada.

—¡A mí no me miren! ¡Yo no fui! —dijo Annie al tiempo que negaba enfáticamente con la cabeza.

—Todos sabemos que no fuiste tú, queridita; para evitar que no vuelva a ocurrir vamos a utilizar esta vez todo el producto —dijo Mrs. Gautal con cierto tono de enojo en la voz.

CAPÍTULO III

En la fría noche, a principios de diciembre, en que acordaron celebrar la cena en honor al aumento de Alfred, Mrs. Gautal servía la mesa con la ayuda de Luisa. Pero ni la aparente armonía que reinaba en el ambiente, lograba borrar la impresión de la charla de noches anteriores, en la que Luisa había amenazado con abandonar la casa, sobre todo por la seguridad física de la pequeña Annie. Agregando, además, que la niña deseaba una mascota y que sabía que allí no se podría complacer su capricho.

Mrs. Gautal pidió disculpas, en ese momento, por cualquier situación o suceso que hubiese podido poner en peligro la seguridad de la niña, y accedió a que Annie trajera una mascota a la casa, solicitando por su parte, que no abandonaran el lugar.

La respuesta de Luisa fue cortante. Estaba decidida a mudarse, y lo iba a hacer. Ante las protestas de Alfred, asegurando que no iban a moverse de la casa de huéspedes por caprichos y sin motivos reales, Luisa arremetió contra él y contra Mrs. Gautal acusándolos de ser amantes y de burlarse de ella. Ante la negativa de la casera y su esposo, se refirió a la conversación escuchada por ella, días atrás y dijo que estaba dispuesta a pedir disculpas si le podían explicar todo lo acontecido aquella madrugada, y si Alfred podía aclararle la razón del estado financiero actual de ella.

Aunque habían pasado algunos días el ambiente seguía cargado. Todos estaban tensos, a la defensiva, y la única que parecía no haber sido afectada era la pequeña Annie. Paul, que trataba de despejar el disgusto del ambiente, consideró que aquella cena quizá le pudiese devolver la concordia y la armonía a la casa de huéspedes, haciendo olvidar dudas y rencores. Por lo tanto, procuraba mostrarse sonriente y deshacerse en halagos para todos a cada momento. Por ese simple motivo, al ver que Mrs. Gautal depositaba la humeante sopera en medio de la mesa, dijo de inmediato:

—¡Ummm! ¡Qué rico huele! Aparenta estar sabrosa la sopa, Mrs. Gautal.

—La he hecho con esmero, Paul. Espero que usted tenga razón.

—Quisiera informarles que aparte del aumento de Alfred, Paul y yo estamos celebrando la apertura oficial de la compañía para la cual trabajamos —dijo Jeannie.

—¡Felicidades! —dijeron al unísono Alfred y Annie.

—Mucho me alegro —exclamó Luisa.

—¡Anjá! Al fin podré saber dónde trabajan y qué hacen mis inquilinos canadienses —añadió Mrs. Gautal.

—Dejemos las buenas nuevas para la sobremesa. De esa forma tendremos un bonito tema sobre el cual conversar —pidió Luisa mientras colocaba la fuente con el pescado en la mesa, agregando—: regreso de inmediato con el vino y con la jarra de jugo de naranjas que recién exprimió Mrs. Gautal. Ya vuelvo.

La cena se inició con un aperitivo de jugo de naranjas. Le siguió una ensalada verde cubierta con salsa de queso azul y panecillos bañados con salsa mayonesa. Luego degustaron la sopa de hongos y después Mrs. Gautal sirvió el pescado, aderezado con jugosas ruedas de cebollas y la salsa picante que Luisa comprara esa tarde al regreso de su salida a la panadería. Para los postres había pastel de chocolate y una mermelada de manzanas que le acompañaba. Todo generosamente acompañado con el vino francés que Luisa había traído de su viaje a Francia.

—¡Todo estaba delicioso! —exclamó Paúl frotando su vientre, para luego agregar—: no tengo espacio ni para los postres.

—¡Ah! Pues no, Paul. No me puedes dejar solita con ese pastel tan grande —protestó Annie, mientras los otros reían con la ocurrencia de la niña.

Después de la cena, todos se reunieron en la pequeña sala como era la costumbre, disfrutaban de un aromático té que la casera había servido en un fino juego de porcelana reservado para las grandes ocasiones, cuando Annie observó:

—Todo estuvo muy sabroso; pero me arde el estómago. ¿Sería el jugo de naranjas?

—Puede ser, Annie. Yo también tengo molestias; pero no te preocupes, ya nos aliviaremos —dijo Paul, dirigiéndose a la niña.

—¿Sería el jugo de naranjas, como dice Annie? —argumentó Mrs. Gautal.

—No se preocupen. Ya pasará. Es la falta de costumbre de consumir fruta fresca —señaló Jeannie Donalt, restándole importancia al hecho.

Luisa se incorporó a la reunión, proveniente de sus habitaciones, con un paquete de cigarrillos en sus manos. Tomó asiento y extendiéndole el paquete a Alfred, dijo:

—Ustedes sabrán disculpar mi momentánea ausencia, pero fui a buscar unos cigarrillos turcos que compré hoy para Alfred.

—¡Gracias, Luisa! Son mis preferidos —dijo Alfred mientras abría el paquete, sacaba un cigarrillo y lo prendía.

El aroma a tabaco turco dominó la atención de todos por unos instantes. Luego fue Mrs. Gautal quien, dirigiéndose a Jeannie Donalt, preguntó.

—¿Y... en referencia a su ocupación Mrs. Donalt?

—¡Ah! Perdón. Olvidé que prometí contarles. Excúsenme —respondió Jeannie, para agregar a continuación—: nosotros somos agentes de una compañía importadora de embutidos. Tuvimos que observar discreción absoluta para evitar contratiempos con nuestros competidores; pero hoy todos los inconvenientes han sido superados. Ya se presentó la documentación solicitada por medios oficiales, e iniciaremos las labores la semana próxima. ¿Satisfechos?

—Pero eso es fantástico —exclamó Mrs. Gautal quien, volteándose a Paul, le preguntó—:¿y usted que nos puede decir de todo esto, Mr. Donalt?

—Que la cena estuvo deliciosa; pero tengo mucha ardentía en el estómago y amenaza con dolerme. Además, siento una ligera opresión en el pecho y me falta el aire al respirar —contestó Paul.

—¡Mamá! ¡Me duele el estómago! ¡Voy a vomitar! —dijo Annie apretándose el vientre con ambas manos, al tiempo que se le escapaba un vómito.

Luisa corrió a auxiliar a su hija; pero un fuerte dolor abdominal hizo también presa de ella. Se llevó ambas manos al vientre. Abrió los ojos desmesuradamente. Vomitó y cayó de bruces. Estaba inconsciente.

—¡Hagan algo! ¡Hagan algo que se mueren! —gritaba Jeannie, presa de pánico.

—¡Paul, salga a buscar ayuda de inmediato! —ordenó Mrs. Gautal—. Y usted —dijo refiriéndose a Jeannie Donalt—: ¡socórralas en lo que pueda! Voy a buscar con qué arroparlas.

Paul corrió escaleras abajo. A él también le dolía el estómago y se sentía invadido por una terrible fatiga. Sus piernas, antes ligeras y siempre dispuestas a recorrer grandes distancias, le pesaban sobremanera. ¿Qué puede sucedernos? ¿Sería el pescado?

Entre la niebla distinguió al policía que cubría la ronda. Gritó lo más alto que pudo. El guardián se dirigió hacia el lugar de donde venía el alarido y al llegar al lado de la persona detuvo la bicicleta y le preguntó:

—¿Sucede algo, caballero?

—¡Rápido! —dijo Paul—.¡No pierda tiempo! ¡Busque un vehículo en qué transportar dos enfermos graves al hospital! Pero no pierda tiempo, por favor. Lo espero en Lombard Street #113.

El agente llegó con la ambulancia veinte minutos después de que Paul le avisara. Cuando vio que nadie le esperaba consideró que había sido víctima de una broma de mal gusto o de alguien que quiso desviarlo o distraerle en su recorrido. Sólo la curiosidad, al encontrar la puerta abierta de la casa, le hizo entrar y subir las escaleras. Cuando llegó a la sala de estar sufrió un gran impacto. No podía dar crédito a lo que sus ojos estaban viendo. Retorciéndose en el piso, víctimas al parecer de intensas convulsiones, estaba el hombre que le había dado aviso y otras cinco personas más, entre ellas una niña. Tomó la niña en sus brazos y bajó las escaleras apresuradamente. Acomodó el frágil cuerpecito en la camilla y le ordenó al chofer:

—¡Llévela al hospital y que envíen otras tres ambulancias de inmediato! Allá arriba quedan cinco personas más en las mismas condiciones. Esto parece ser grave. ¡Apresúrese!

****

La jornada había sido tan intensa en el hospital esa noche que los médicos de guardia no habían relacionado el vínculo existente entre las seis personas que habían arribado al hospital en el transcurso de la última hora, con síntomas inequívocos de gastroenteritis colérica. Pero al jefe de la sala, a la cual habían sido remitidos los enfermos, sí le pareció sospechoso que todos vivieran en una misma dirección y, más aún, que solo dos de ellos estuviesen en estado sumamente grave; motivo por el cual llamó al director del hospital para darle a conocer las sospechas que tenía de que pudieran estar ante un envenenamiento colectivo. Ante esta hipótesis de su colega, el doctor William Rust decidió visitar a los pacientes. Estudió con detenimiento los diagnósticos y ordenó, con urgencia, pruebas especiales de laboratorio para determinar las causas del fenómeno. Cuarenta minutos más tarde arribaba, al despacho del doctor Rust, el informe del laboratorio:

Al Dr. William Rust.

Los exámenes realizados con carácter de urgencia, hoy día 11 de diciembre a las 11:45 p.m., a los pacientes de las camas 15, 18, 19, 24, 27, y 29, de la sala F del edifico Pasteur de este hospital, arrojan los siguientes resultados:

1) Todos sufren de una intoxicación producida por la ingestión de un tóxico: arsénico.

2) Todos presentan un estimado similar en cuanto a la cantidad de tóxico en sus organismos, según las investigaciones realizadas en el laboratorio de este centro bajo la dirección del Dr. Boris Hull, siguiendo instrucciones expresas del Dr. William Rust, director general de este centro y del Dr. Roulf Wensin, jefe de sala.

Dr. Boris Hull
Jefe de laboratorio

Con el informe en las manos, el doctor Rust encaminó sus pasos hacia la sala en que se encontraban los pacientes. Al llegar, el doctor Wensin le recibió con un gesto inquisitivo. El doctor Rust le tendió el resultado de los análisis como única respuesta. Esperó que su colega leyera el informe y le dijo:

—Muy acertado su diagnóstico, doctor Wensin. Ahora veamos que podemos hacer por ellos. ¿Quiénes se encuentran en peor estado?

—La niña y una de las señoras están muy graves. Parece que son menos resistentes que los demás al tóxico. Los otros cuatro pacientes también están graves; pero han reaccionado mejor. En especial la señora más joven —respondió el doctor Wensin.

—Ahora que sabemos a qué atenernos dejo todo en sus manos. Avisaré al grupo de emergencias extremas para que le ayude en la labor. Yo voy a comunicarme con Scotland Yard. Manténgame informado, por favor —dijo el doctor Rust mientras abandonaba la sala con el informe del laboratorio en sus manos.

CAPÍTULO IV

Apenas amanecía cuando un hombre delgado, de rostro enjuto, mediana estatura y vestido con un traje negro, marcado por el uso, se detuvo frente a la oficina del director del hospital. Llamó a la puerta y como respuesta escuchó la voz del doctor Rust: «Pase adelante, por favor».

—Buenos días, señor director. Espero no ser inoportuno —dijo el recién llegado mientras avanzaba con la mano extendida y un leve esbozo de sonrisa, reflejado en su rostro, hacia el doctor Ruth.

—De modo alguno, inspector. Le estaba esperando. Tome asiento, por favor.

—Lamento no haber podido venir antes, doctor; pero me fue del todo imposible. Ahora veamos, ¿qué le impulsó a llamarme anoche a mi domicilio?

—Perdone mi atrevimiento, inspector; pero quería estar seguro de poder reunirme con usted en la mañana de hoy. Se nos ha presentado un caso bastante curioso y quisiera que usted, personalmente, lo valorara.

—Muchas gracias, doctor; pero…

—¡Oh! Por Dios, inspector. Dejémonos de modestias.

—Bueno, doctor. ¿Qué sucede?

—Sucede que anoche recibimos, en la sala de urgencias del hospital, a seis personas que aparentemente sufrían de gastroenteritis colérica. Entre ellas una niña que escasamente cuenta con cinco años. Pero al ser ingresadas en la sala de cuidados intensivos el doctor Wensin sospechó, por la sintomatología de los pacientes, que existía una intoxicación aguda producida por algún tóxico y decidió entonces alertarme acerca de sus sospechas. Luego de oírle acordamos llamar de inmediato al laboratorio para realizar los análisis pertinentes y he aquí el resultado, inspector. Sírvase leerlo —dijo el doctor Rust mientras extendía el informe al inspector Fort.

El inspector leyó atentamente, mientras con un gesto involuntario se sobaba la mandíbula. Al terminar la lectura bajó el documento, dejó escapar un suspiro y, acodándose en sus muslos mientras miraba fijamente al doctor Rust, preguntó:

—Luego de que tuvo acceso a este informe fue que me llamó. ¿Verdad, doctor?

—Así fue, inspector.

—Bueno —dijo el inspector Fort dejando escapar un entrecortado suspiro—. Ahora justifico su interés y su llamada… Pero ¿qué hicieron después, doctor?

—El doctor Wensin y yo nos reunimos con el jefe del equipo de emergencias del hospital, con el fin de establecer un plan que por lo menos nos diese la esperanza de salvarle la vida a todo aquel que pudiésemos. Comenzamos el tratamiento con un amplio lavado gástrico. Posteriormente procedimos a la deshidratación de los pacientes, para aplicarles un antídoto con el fin de desintoxicarles por medio de suero intravenoso. Claro está, no sin antes haber ordenado al doctor Hull que realizara una investigación encaminada a rendirnos el más exacto estimado individual, de la cantidad de arsénico que reflejaban cada uno de los enfermos en su sangre.

—¿Y cuál fue el resultado, doctor Rust?

—¡Asombroso, inspector! Los dos pacientes que se encuentran al borde de la muerte son los que menos tóxico muestran en su organismo.

—Según tengo entendido, doctor, no todos reaccionamos de igual forma ante una intoxicación.

—Exacto. No todos los organismos reaccionan igual; pero no deja de ser sospechoso que, de seis personas afectadas, aquellas que presentan menos nivel de tóxico en la sangre, sean las que están muriendo. ¿No le parece, inspector?

—Muy interesante, doctor ¿Acaso ya tiene usted alguna explicación al enigma?

—Nunca me han gustado los augurios, inspector. Disculpe que no le manifieste mi opinión en estos momentos. Antes tengo que intercambiar opiniones con el doctor Wensin; pero sí le alerto, esto no parece ser un hecho incidental.

—¿Pero a qué se refiere, doctor? Por favor, explíquese.

—Después, inspector… Después de que confirme mis sospechas. Antes, no.

Terminada la frase el doctor Rust se puso de pie en señal de despedida. El inspector Fort se despidió con un «hasta luego» y se fue desandando el corredor que llevaba a la salida, donde le aguardaba un coche oficial con dos detectives. Se metió en el auto y se arrellanó en el asiento. Sacó un cigarrillo, lo prendió y le dio una larga chupada. Dejó escapar el humo lentamente y dijo:

—Hacia Lombard Street #113, Harold.

CAPÍTULO V

El auto del inspector Fort avanzaba todo lo rápido que le permitía la niebla circundante y el pavimento mojado. Hacía un frío intenso. El inspector escudriñaba el entorno a través de los vidrios de la ventanilla, cuando el auto se detuvo frente a la casa de huéspedes de Mrs. Gautal; abrió la portezuela del coche y salió como impulsado por una orden. Con paso rápido fue hasta la puerta de la casa, saludó al agente que se encontraba de guardia y entró al edificio seguido por Harold. La escalera era corta. Los muebles de la sala de estar estaban desordenados y el piso, cubierto de vómitos. Cruzó la habitación, procurando no destruir lo que pudiese servir para una posterior investigación, y ordenó a Harold que le imitara. Avanzó por el pasillo que conducía a las habitaciones interiores, cruzó la puerta que daba acceso al comedor y se detuvo a mirar el suelo alrededor de la mesa; notó que estaba limpio. Harold le llamó en esos instantes para enseñarle algo curioso en la cocina. El servicio utilizado la noche anterior se hallaba limpio, menos un singular servicio de té que se encontraba adentro del fregadero y en el cual aún se observaban residuos. Pasó una escrutadora mirada por el resto de la pieza y vio un mantel perfectamente doblado, encima de una mesita; Debajo de la que se hallaba el depósito para los desechos. Desdobló el mantel y descubrió varias manchas que aparentaban ser de jugo de frutas o algo similar. Lo puso a un lado y se dedicó a revisar el cesto de los desperdicios, en busca de algo que pudiese conducirle a una pista. Luego de hurgar en su contenido tapó el recipiente y le dijo a su chofer:

—Harold. Ve al laboratorio y dile al doctor Richard Brook que necesito de su experiencia aquí y en estos momentos. Que, si puede acompañarte, y que por favor venga debidamente preparado. No demores, por favor.

El inspector Fort intercambiaba opiniones con los vecinos de la casa de huéspedes, cuando regresó al lugar el auto conducido por Harold.

—He venido tan pronto como he podido, señor inspector —dijo en señal de saludo el doctor Brook.

—Gracias, Richard. Comencemos entonces pues será una larga jornada de trabajo.

Era algo más de medio día cuando el inspector Fort llegó a las oficinas del doctor Rust. La secretaria le hizo pasar de inmediato al despacho, mientras procuraba localizar al médico que había ido a almorzar hacía poco tiempo.

Quince minutos de espera fueron suficientes para ver aparecer la figura del doctor Rust en el marco de la puerta. Su rostro delataba cansancio. Saludó afablemente al inspector Fort y luego le dijo.

—Me alegro de verle, inspector. Iba a llamarle para informarle del fallecimiento de la niña. Además, considero que, a la señora, que según informes recibidos es la madre de la pequeña, sólo le quedan escasas horas de vida.

El semblante del inspector Fort se ensombreció. No le agradaba que muriesen niños. Cuando se repuso de la impresión dijo:

—Por favor, doctor Rust, llame de inmediato a los forenses y pídales que realicen la autopsia del cadáver a la mayor brevedad posible. Yo me encargaré de realizar los trámites y solicitar los permisos.

—Así se hará —fue la respuesta del doctor Rust. Se detuvo un instante y agregó—: ¿Ha encontrado algún detalle que pueda ayudarle a la solución de este caso, señor inspector?

—Es probable que sí. Sólo tenemos que esperar a que estén los resultados de las investigaciones del laboratorio. A propósito, doctor Rust, ¿no considera usted que ya es tiempo de que yo sepa cuáles son sus conclusiones sobre este caso?

—Pues le diré. Mis colegas y yo consideramos que, de las seis personas trasladadas a este hospital, en la noche de ayer, cuatro de ellas estaban ingiriendo arsénico, en pequeñas dosis, con anterioridad. De tal forma que el organismo se adaptase y fuese creando una tolerancia capaz de soportar una dosis letal. Claro está, este tipo de plan podría no datar de hace mucho tiempo. Digamos que oscila entre diez y veinte días el período que demoraron sus organismos en prepararse para tolerar una dosis letal. De lo contrario, el ejecutor de este plan hubiese tenido que elevar la dosis hasta ciertos niveles riesgosos y los resultados no serían tan semejantes a los de una gastritis colérica; lo que estuvo a punto de lograr, si no llega a ser que el doctor Wensin, quien, por tener cierta experiencia en Toxicología, supuso que no se trataba de una enfermedad común.

—Fue por ello su asombro ante los resultados de los análisis sanguíneos, practicados a cada paciente en particular —acotó el inspector.

—Exacto, y se asombrará aún más cuando vea los resultados de la autopsia. Espero que los forenses encuentren en los órganos de la niña la suficiente cantidad de arsénico como para validar nuestra teoría. Lo que sí le puedo asegurar, inspector, es que este es uno de los pocos casos en que el criminal ha empleado una táctica tan peligrosa para él mismo. ¡Pues no dude usted que se trata de un crimen, señor inspector!

****

El timbre del teléfono sonó insistentemente. El inspector Fort se encaminó hacia el teléfono con paso mesurado, propio de la fatiga de un intenso día de trabajo.

—¿Quién habla? —preguntó.

—Habla el doctor Wensin, inspector. Perdone usted que le moleste, pero sólo cumplo órdenes del doctor Rust, el cual me encomendó llamarle si es que la señora fallecía en su ausencia.

—¿Cuánto hace que dejase de existir la señora, doctor Wensin?

—Apenas veinte minutos, inspector. Le aseguro que le he llamado en cuanto las circunstancias me lo han permitido.

—Gracias, doctor Wensin. Agradezco su atención para conmigo.

—Inspector —dijo con timidez el galeno. —Me he atrevido a ordenar que se realicen los preparativos para la autopsia del cuerpo.

—Muy acertado de su parte, doctor Wensin. Actuaremos en cuanto nos sea viable. A propósito, ¿cuándo nos será posible comenzar con los interrogatorios de los otros residentes de Lombard Street?

—Aún hay que esperar, inspector; pero no se preocupe, cuando sea el momento le avisaremos.

—Confío en ustedes, doctor. Ahora me retiro a dormir.

—Que descanse, inspector.

****

Apenas amanecía y ya se encontraban el inspector y los forenses en el hospital, listos para comenzar su labor. Todo había sido dispuesto y organizado de tal forma para que a las ocho y treinta de la mañana un empleado del Laboratorio Legal partiera con el recipiente que contenía los órganos de la difunta hacia esas dependencias. El inspector esperó a que los forenses se cambiaran, los hizo subir a su auto y los condujo personalmente a sus puestos de trabajo, en el laboratorio. Una vez allí se dirigió a las oficinas y le dijo a la joven secretaria que se encargaba de transmitir los informes del departamento.

—Hola Betty. ¿Enviaste a mi oficina el informe de la autopsia de la niña Annie Banet?

—Aún no están todos los resultados disponibles, inspector; pero le aseguro que en cuanto pueda prepararle un informe completo se lo haré llegar a su despacho —respondió la chica.

—Gracias, Betty. Confío en ustedes —dijo el inspector, en señal de despedida. Se dio la vuelta y se dirigió a la salida del edificio.

Cuando estuvo el vehículo en marcha el inspector le ordenó a Harold que se dirigiese a Lombard Street. Al detenerse el auto frente a la casa marcada con el número 113, el policía que resguardaba el edificio se acercó y abrió la portezuela del vehículo. Ya sobre la acera el inspector, luego de intercambiar saludos con el agente, le preguntó:

—¿Este barrio forma parte de su recorrido habitual?

—Sí, señor inspector.

—¿Qué puede usted decirme de los habitantes de esta casa?

—Nunca dieron motivos de queja. Al contrario.

—¿Conoce usted bien a los que viven aquí?

—Íntimamente no, pero sí lo necesario como para decirle que no encuentro explicación alguna a lo sucedido.

—¿Quién le ha informado de lo acontecido, agente, pues la prensa aún no lo ha reflejado? —inquirió el inspector Fort, enarcando las cejas.

—Nadie en particular; pero todos los vecinos comentan que se trata de un envenenamiento, pues alguien vio a Mrs. Gautal comprando arsénico en la farmacia del doctor Diskan. Asimismo dicen que si se tratara de una enfermedad común no habría siempre un policía cuidando de la casa, ni usted se hubiese molestado tampoco en venir hasta aquí en tantas ocasiones.

—¿Dónde está esa farmacia, agente? —preguntó en tono cortante el inspector.

—A dos cuadras de aquí, inspector. Si usted lo desea, puedo acompañarle —dijo el agente.

—Harold, por favor, sirve de centinela hasta nuestro regreso —pidió el inspector a su ayudante.

—Como usted ordene, señor inspector —respondió Harold, situándose al lado de la entrada.

—Le acompaño, agente. Por favor, condúzcame a la farmacia del doctor Diskan.

A la mañana siguiente y luego de haberse reunido la víspera y a tempranas horas de la mañana con el farmacéutico doctor Diskan, el auto del inspector se dirigía al consultorio del doctor Carl Pamer, quien extendiera las recetas con las cuales Mrs. Gautal y Alfred Hayen, habían adquirido arsénico, recientemente, en la farmacia del doctor Diskan.

El médico fue escueto en extremo en sus respuestas, evaluando cada palabra que pronunciaba y sopesando cada respuesta que daba; pero su lacónica conversación le bastó al inspector. El doctor Pamer admitió que en realidad recetó un preparado a base de ácido arsénico a un señor que respondía a las señas de Alfred Hayen, y que días más tarde, expidió otra receta similar a una señora que concordaba con la descripción de Mrs. Gautal. En ambas ocasiones a petición de los clientes, que solicitaron el producto para la preparación de una pasta raticida.

De regreso a su oficina, mientras el inspector Fort evaluaba todos los datos que tenía en su poder, entró una llamada del hospital, informándole que podía pasar a interrogar a los pacientes cuando lo deseara, lo que le proporcionaría la oportunidad de atar algunos cabos sueltos. De inmediato recogió los resultados de las autopsias, que se encontraban sobre su escritorio. Se aseguró de tener en los bolsillos de la chaqueta su libreta de notas y salió en busca de su automóvil.

CAPÍTULO VI

El doctor William Rust, el doctor Wensin y el inspector Fort, se hallaban reunidos en las oficinas del primero, para intercambiar opiniones acerca del envenenamiento colectivo ocurrido en Lombard Street #113. Llevaban ya más de una hora de charla cuando el doctor Wensin hizo la siguiente observación:

—No creo, inspector, que exista duda alguna respecto a quiénes son los verdaderos culpables.

—No debemos adelantarnos, doctor Wensin, aún debemos esperar los resultados de los interrogatorios —aclaró el doctor Rust.

—Si observamos los hechos analíticamente, estimo que mi conversación con ellos aportará datos que ayudarán a corroborar mi teoría —afirmó el inspector.

—Estoy de acuerdo con ustedes; pero jamás me dejo arrastrar por las apariencias —dijo sentenciosamente el doctor Rust.

—No me arrastran las apariencias, es que todo apunta hacia a ellos —afirmó el inspector.

—Me reitero a favor de su tesis, inspector —dijo el doctor Wensin, agregando tras breve reflexión—: Además, si no fueron ellos ¿quién entonces? Porque los canadienses no muestran motivos aparentes para haber actuado de tal forma. ¿No lo considera así, doctor Rust?

—Su razonamiento no carece de lógica, doctor Wensin; pero no se pueden descartar tampoco como posibles responsables —recalcó el doctor Rust.

—Recuerden que espero por ustedes para que me conduzcan hasta ellos. Debo comenzar estas conversaciones preliminares cuanto antes —dijo el inspector dirigiéndose a los doctores.

—Le ruego tacto, inspector. Todos estuvieron en estado de gravedad hasta hace muy pocas horas. Recuerde, inspector, mucho tacto, en especial con la chica canadiense —aconsejó el doctor Wensin.

—Descuide, doctor Wensin, obraré con tacto y cautela —afirmó el inspector resuelto a seguir las instrucciones del médico.

Las camas de los enfermos estaban estratégicamente separadas para facilitar la labor del inspector, por eso, cuando el inspector Fort y los doctores que le acompañaban irrumpieron en la sala, todas las miradas se dirigieron hacia ellos. El inspector le preguntó al doctor Wensin algo en voz baja, a lo que este respondió:

—Comience por la canadiense para que no sufra de ansiedad, y sea lo más parco posible, se lo ruego, inspector. Ella ha estado muy grave.

—Pierda usted cuidado que nada le sucederá. Además, a esa joven es a la que menos preguntas tengo que hacerle pues, aparentemente, la muerte de la niña y su mamá no le acarrearían beneficio alguno —aclaró el inspector.

—Nuevamente concuerdo con usted, inspector —dijo el doctor Wensin—, pues desde que recobró el conocimiento nos pregunta con una constancia desesperante por la niña. Así que, si puede evitar darle a conocer del fallecimiento de la pequeña, le pediría que lo hiciese.

—Lamento no poder complacerle, doctor. Sin lugar a duda la muerte de la niña es lo único que podría romper las reservas que alguna de estas personas pudiese tener, con respecto al desenvolvimiento de la convivencia cotidiana en la casa de huéspedes.

—Adelante entonces, inspector, vamos a ver a Jeannie Donalt.

El inspector Fort siguió con paso firme al médico hacia el lugar en que se hallaba la cama de Mrs. Donalt; la joven se mostraba visiblemente alarmada por la conversación que sostenían aquellos dos hombres en relación con su persona. Porque sin duda alguna era acerca de ella de quien hablaban, pues mientras avanzaban señalaban hacia donde ella se encontraba y en aquel rincón no existía otra cosa que no fuese su cama. El doctor Wensin se percató de su excitación y en tono cordial le dijo a la enferma, en cuanto se acercaron a su lecho:

—Se ve usted mucho mejor. Confío en que esté en disposición de atender a este caballero, el cual quiere hacerle unas preguntas. No tiene por qué alarmarse, pues, aunque estoy seguro que nunca se ha hallado en una situación similar, también puedo asegurarle que de haber tenido que enfrentarla, en otra ocasión, no hubiese tropezado con la suerte de dar con una persona más amable y considerado que el inspector Fort.

—¿El inspector Fort? ¿Y qué tengo yo que ver con la policía? ¿Cuáles son esas preguntas a las que usted se refiere, doctor? ¿Qué es lo que ha sucedido? Haga el favor de explicarse, doctor —inquirió excitada Jeannie.

—Seré yo quien se lo explique Mrs. Donalt, ya que el doctor Wensin ha hecho bastante con habernos presentado. Ahora él debe retirarse para seguir atendiendo su trabajo. ¿No es así, doctor? —preguntó el inspector de forma tal que el galeno no tardó en comprender que los deseos del inspector eran quedarse a solas con la paciente.

—¡Oh, sí! Hasta luego, y recuerde ser lo más superficial que le sea posible —dijo el doctor Wensin mientras se dirigía hacia donde le aguardaba el doctor Rust.

Una vez a solas el inspector Fort y Mrs. Donalt, fue esta última quien preguntó.

—¿Qué quiso decir con eso de que sea usted lo más superficial posible?

—Es algo difícil de contar; pero procuraré ser lo más explícito que me sea posible, siempre que usted brinde su colaboración.

—Cuente con ella —aseguró Jeannie algo más calmada.

—Pues verá usted. En noches pasadas sonó insistentemente el timbre del teléfono en mi domicilio. Cuando lo atendí era el director de este hospital quien llamaba; él me solicitó me personara en sus oficinas a la mayor brevedad posible…

Cuando el inspector Fort finalizó el relato de todo lo sucedido desde aquella noche hasta esos momentos, Jeannie no hacía otra cosa que repetir:

—¿Por qué ella? Por qué fue ella y no yo la que murió. ¿Por qué?...

Debido a la impresión que le había causado a la enferma la noticia de la muerte de Annie, el inspector tuvo que aguardar hasta que recobrara la calma, para comenzar su interrogatorio. Una vez que Jeannie se mostró más serena, le formuló la primera pregunta:

—¿Qué piensa usted de todo esto, Mrs. Donalt?

—No sé, inspector. No hallo explicación. Es algo horrible. —La mujer se detuvo un momento, meditabunda, para luego agregar—: Y pensar que yo creía que ella era una mujer de buenos sentimientos.

—¿A quién se refiere usted?

—A quién si no a Mrs. Gautal.

—¿En qué basa usted sus sospechas?

—¿Que cuáles son mis bases para sospechar de ella, pregunta usted señor inspector? ¿Acaso puede usted decirme quién si no pudo haberlo hecho? ¿Quién con más razones para hacerlo? ¿Quién más directamente vinculada a la cocina, para haber preparado un crimen tan horrible y complicado como este?

—¿Entonces usted inculpa a Mrs. Gautal como la autora del crimen? —dijo el inspector.

—Sí —respondió secamente Jeannie a la pregunta.

—¿Sabe el peso que tendría en contra de Mrs.

Gautal su testimonio y la responsabilidad que pesaría sobre su persona si no son ciertas sus sospechas?

—Sí, lo sé. Pero no temo, pues estoy segura de que es culpable —recalcó Jeannie firmemente.

—Serénese, Mrs. Donalt, serénese. Lo que deseo es una información imparcial, no un veredicto. Por ejemplo, hábleme de Mrs. Luisa Hayen y si le es posible deme su opinión acerca del motivo por el cual pudo haber sido asesinada.

El silencio reinó por unos minutos, luego fue Jeannie la que dijo:

—Mrs. Luisa Hayen fue una de esas personas a la que la vida le reservó lo peor. Después de vivir una incierta infancia, según contaba ella, contrajo nupcias con un viajante de géneros, el cual la trajo a vivir a Londres. Todo marchó bien hasta la muerta de su esposo, ocurrida cuatro años más tarde. Fruto de ese matrimonio a ella le quedó la pequeña Annie. Tiempo después se casó con Alfred Hayen, quien le administraba sus negocios; pero como resultado de malas inversiones realizadas por él, ella lo perdió todo. Fue entonces cuando la familia Hayen se trasladó a vivir a la casa de huéspedes de Mrs. Gautal. Allí no había nadie más noble y complaciente que ella. Nadie la superaba en evitarles esfuerzos a los demás. Siempre estaba sonriente y dispuesta al sacrificio para que los demás estuviésemos contentos. Sólo en una ocasión recuerdo haberla visto enojada, y fue precisamente la noche anterior a que sucediesen los hechos.

—Explíqueme con más detalles ese acontecimiento, por favor —le pidió el inspector.

—Le diré. Fue en la noche del día diez de diciembre. Todos nos encontrábamos en la sala de estar bebiendo té y disfrutando de la charla acostumbrada, cuando Luisa nos informó que pensaba abandonar la casa. Luego de argumentar que su decisión la provocaba la inadaptabilidad de la niña a vivir allí, la nena, en respuesta, se puso de pie en el centro de la habitación, para aclarar que en realidad no era por ella que se marchaban, si no, que su mamá estaba muy celosa de Mrs. Gautal. Se originó entonces un breve pero fuerte cambio de impresiones entre Alfred y Luisa, el cual resultó muy incómodo para nosotros. Al final, acordaron continuar la discusión en privado. Luego se produjo una pesada calma hasta que sobrevino este suceso.

—Ahora cuénteme de Annie Bannet, por favor —le solicitó el inspector.

—No puedo creer que haya muerto. Tan buena, tan linda, tan noble, tan cariñosa, tan simpática. Rara era la noche que no nos hacía reír a carcajadas. Le aseguro, inspector, que Paúl lo sentirá como si hubiese sido su propia hija. Ella llegó a ganárselo, con su afecto y cariño, al extremo de que mi esposo llegó a confesarme, luego de la disputa, que si Annie se mudaba él también lo haría, pues no se las podría arreglar ya sin la niña a su lado.

—Hábleme de las relaciones de la niña con su padrastro, por favor —pidió el inspector.

—En general eran buenas. Sólo que Alfred la amonestaba constantemente, porque decía que la niña fantaseaba mucho —respondió Jeannie, mientras enjugaba furtivamente una lágrima.

—Mrs. Donalt, ¿qué puede decirme usted de las relaciones entre Mrs. Gautal y la niña? —preguntó el inspector.

—Eran más malas que buenas. Mrs. Gautal sentía cierta aversión por la niña, porque esta la había acusado, en reiteradas ocasiones, de haberla sorprendido besándose con Alfred. Además, le restringía el azúcar y no permitía que la niña tuviese en la casa un gato amarillo, lo cual era el delirio de la pequeña —respondió Jeannie.

—Quedamos, pues, que, en su criterio muy particular, las únicas personas con motivos aparentes para haber realizado el crimen son Mrs. Gautal y Mr. Alfred Hayen —preguntó el inspector Fort mirando fijamente a los ojos de la canadiense.

—Así es, inspector —asintió Jeannie.

—Veamos, Mrs. Donalt. ¿Notó usted en ellos alguna actitud sospechosa en los días que antecedieron a los hechos? —inquirió el inspector.

—No. No noté nada especial o extraño en sus actitudes —replicó Jeannie.

—Ahora concéntrese, Mrs. Donald —pidió el inspector—. Según nuestras sospechas el arsénico les era suministrado a ustedes en dosis diarias. El asesino lo hacía a la hora de la cena, ya que las labores de usted y su esposo no les permitían almorzar en la casa de huéspedes. ¿Recuerda usted si en fechas anteriores al once de diciembre notó algún sabor no habitual o extraño en los alimentos o alguno de ellos le produjo una sensación desagradable al ingerirlo?

—Ahora que reparo en ello puedo decirle que sí, y hasta consultamos a un médico que nos dijo que podría deberse a una dolencia hepática ocasionada por la ingestión de alimentos dañados —respondió Jeannie.

—Le sería posible recordar en cuáles alimentos había variado el sabor. Haga un esfuerzo, por favor —pidió el inspector.

—Sería en vano el esfuerzo. Últimamente todo me sabía mal —respondió Jeannie.

—Muy bien, Mrs. Donalt. Ahora piense bien antes de contestar —solicitó el inspector —. El servicio o vajilla que se utilizaba en la casa de huéspedes para servir la cena era colocado inmediatamente antes de traer los alimentos o Mrs. Gautal lo disponía con antelación.

—El servicio era colocado al momento de servir la cena. Sin dudas —afirmó Jeannie.

—¿Los alimentos se servían en fuentes separadas? —preguntó el inspector.

—Sí, en fuentes separadas. Como es la costumbre en la mayoría de las casas de huéspedes —respondió Jeannie.

—O sea, que no cabe la posibilidad de pensar que hubiese podido utilizarse la vajilla como medio, para suministrarles a ustedes su ración diaria de arsénico —dijo el inspector.

—No. Tal posibilidad no resulta lógica. Además, Luisa y yo nos turnábamos para ayudarle a colocar la vajilla a Mrs. Gautal en la mesa. En cuanto al jugo le diré que esa noche fue algo excepcional, en honor al aumento de Alfred. Lo que acostumbrábamos a beber era refresco de esencias de naranjas —dijo Jeannie.

—¿Qué es eso del aumento? —preguntó el inspector intrigado.

—Pues verá usted, inspector. La imprenta para la cual trabaja Mr. Hayen le concedió un aumento de sueldo, por lo cual Mrs. Gautal decidió ofrecer una cena extraordinaria, en honor al acontecimiento, el día en que su inquilino recibiese su primera paga. Por eso el once de diciembre se nos ofreció una cena compuesta de crema de patatas, pescado, ensalada verde cubierta de crema de queso y salsa mayonesa, compota de manzanas, pastel de chocolate, pan y mantequilla. Todo un banquete. Además, Mrs. Gautal le pidió a Mr. Hayen que trajera del mercado naranjas frescas para con ellas hacer jugo y servirlo como aperitivo, en sustitución del usual refresco de esencias, el cual no agradaba a Luisa ni a Annie.

—¿Quiere usted decir que ni Mrs. Luisa Hayen, ni Annie solían consumir el refresco de esencias de naranjas? —quiso saber el inspector con un extraño brillo en la mirada.

—No. Nunca lo tomaban —respondió Jeannie.

—¿Ese refresco se servía todos los días? —inquirió el inspector.

—Sí. Esa era la costumbre.

—Entonces la idea del jugo de naranjas naturales fue para darle a madre e hija participación en la bebida que se serviría esa noche en la mesa —quiso saber el inspector.

—Así fue, inspector. Ese fue el objetivo.

—Mrs. Donalt, por favor, haga un esfuerzo por recordar —dijo el inspector—. ¿Notó usted algún sabor extraño en el jugo de naranjas?

—En honor a la verdad tengo que admitir que su sabor no era el normal; pero pensé que era la falta de costumbre —respondió Jeannie.

—¿Alguien más, aparte de usted, notó ese raro sabor? —preguntó el inspector.

—Sí. La niña y Paul —respondió.

—Me basta. Al fin creo saber de qué forma se les suministraba a ustedes el arsénico diariamente, sin que ellas dos lo ingirieran, y nadie se percatase de ello —dijo el inspector Fort con un aire de triunfo en la voz.

—¿Quiere usted decir que nos lo suministraban en el refresco de esencias de naranjas, puesto que madre e hija no lo consumían? —quiso saber Jeannie.

—Eso es lo que aparentemente sucedía. Así que muchas gracias y perdone las molestias que le haya podido ocasionar. Ha sido usted muy cooperativa, Mrs. Donalt.

****

El inspector Fort fue a sentarse junto a Paul Donalt. Le sonrió y luego le dijo:

—Tal vez usted se habrá preguntado el derecho que me asiste para haber sostenido tan larga conversación, en privado, con su esposa; pero estoy seguro de que en cuanto le explique los motivos que me traen acá, también usted me brindará su colaboración. Escúcheme y le ruego que sea fuerte, pues lo que vengo a comunicarle no será de su agrado.

Cuando el inspector finalizó de referirle Mr. Donalt lo ocurrido a Mrs. Hayen y a su hija, más el dictamen de los médicos respecto a la tolerancia de arsénico por el organismo, mediante la ingestión regulada de pequeñas dosis del veneno y los resultados de las pruebas realizadas a todos ellos, en los laboratorios, Paul le dijo con voz que denotaba la emoción:

—Después de la muerte de mi madre es el golpe más duro que he recibido. Cuente conmigo para lo que usted estime, inspector.

Se hizo una gran pausa. El inspector tendría un gran aliado. Él sabía lo que Paul había querido a la niña y lo que ella había representado para el canadiense, por lo que esperaba que Mr. Donalt expusiera todo detalle, por insignificante que este fuera, que pudiese ayudarle a hacer justicia. Paul Donalt miró fijamente al inspector, carraspeo su garganta y dijo:

—Ya puede comenzar inspector, dígame qué desea saber.

—Mr. Donalt, por favor, sin dejarse llevar por la emoción, deme su opinión acerca de los hechos acaecidos la noche del once de diciembre en la casa de huéspedes de Mrs. Gautal.

El canadiense cerró los ojos buscando quizá una concentración absoluta, para contestar con la máxima precisión a la pregunta del inspector. Luego de pasados varios minutos abrió lentamente los ojos y mirando fijamente al inspector le dijo:

—Sólo existen dos personas sobre las cuales recaen mis sospechas, inspector. Una es Alfred Hayen y la otra Mrs. Gautal; pues por Jeannie respondo yo —respondió Paul.

—¿Cuáles son los motivos que le llevan a esa conclusión, Mr. Donalt? —indagó el inspector pausando la tonalidad de su voz.

—Varios, inspector, varios; pero nos entenderíamos mejor si habláramos de cada uno de ellos por separado. ¿De acuerdo? —preguntó Paul al inspector.

—Como usted lo considere mejor, Mr. Donalt —respondió el inspector mientras buscaba acomodo en la silla metálica en que estaba sentado.

—Comencemos entonces por Mrs. Gautal. Esta señora, como usted ya está informado, es la dueña de la casa de huéspedes en la cual vivimos. La adquirió como herencia de su difunto esposo, según nos contara ella misma. Además de eso es la cocinera y la encargada de la limpieza del local. O sea, que para aumentar sus ganancias prescinde de una sirvienta. Sin embargo, hace concesiones sobre la manutención, a las señoras que viven bajo su techo y que deseen prestarle alguna ayuda en sus tareas, sobre todo en la cocina. A simple vista Mrs. Gautal parece una señora respetable; pero según comentarios, hay quienes la acusan de haber llevado una vida licenciosa durante el tiempo que estuvo casada con Robert Gautal y según indicios, ahora sostiene relaciones íntimas con Alfred Hayen. Esta pudiera ser una de las causas del crimen; aunque bien podría decirle que ella pudo haber servido de instrumento al verdadero asesino, para ejecutar el plan.

—Por favor, Mr. Donalt, puede usted aclarar ese criterio —pidió el inspector.

—Verá usted, inspector, desde que conocí a Alfred Hayen desconfié de él. Sospeché que su reputación no era buena e hice algunas investigaciones, que confirmaron mis sospechas. Más tarde indagué en los motivos que le habían llevado a casarse con Luisa, pues a pesar de que él se mostraba solícito y atento con ella, saltaba a la vista que para él aquel matrimonio era simplemente una relación de negocios. Por eso, cuando me informaron de las causas que le habían conducido a tomar aquella decisión, me dije que un hombre de su clase buscaría una rápida solución para deshacerse de esos lazos matrimoniales, los cuales no deseaba. Solución que debía ser cuidadosamente preparada, pues si Luisa imaginaba que él pretendía abandonarla, podría presentarle una demanda judicial por malversación y uso abusivo de los bienes que él había administrado para ella y para la pequeña Annie. Lo que le conduciría a la cárcel, sin duda alguna. Así pues, cuando comprendí que las relaciones de la casera con Mr. Hayen eran harto sospechosas, pensé que se trataba de un plan para librarse de su mujer; pero nunca imaginé que la maldad de Alfred llegara hasta el crimen, y mucho menos que también Annie fuese a ser su víctima.

Al mencionar el nombre de la niña y enfrentar la realidad de su muerte, Paul quedó mudo. El inspector aguardó unos segundos y cuando lo consideró prudente le dijo:

—Mr. Donalt. Sus palabras me hacen pensar que ha estado usted en espera de acontecimientos catastróficos para Mrs. Hayen y su hija. ¿Pudiera tomar eso como justificación para su inmenso cariño por la pequeña?

—Tal vez, inspector, tal vez, pues si bien es verdad que ese motivo fue de mucha influencia, también lo hizo el hecho de que yo no tuviera hijos y supiera que mi esposa era incapaz de dármelos —replicó Paul.

—Recapitulemos, Mr. Donalt, recapitulemos —comenzó diciendo el inspector Fort—. Según sus especulaciones Mrs. Gautal fue el instrumento directo o la mano asesina, por su mayor facilidad para perpetrar un crimen que dejaría a ambos libres de sospecha y Mr. Hayen el cerebro criminal que ideó, organizó y ordenó la forma de llevarlo a cabo. ¿Estamos de acuerdo? —le preguntó el inspector.

—En efecto, esas son mis conclusiones — respondió el canadiense.

—Mr. Donalt —comenzó a hablar pausadamente el inspector Fort—. Ya que usted es una persona a la cual se le escapan pocos detalles, le fuera posible decirme, si es que tiene conocimiento acerca de ello, ¿de dónde o de quién obtuvo Mr. Hayen los conocimientos necesarios que le permitieron planear y ejecutar un crimen que precisa de cierto dominio de la ciencia médica? —quiso saber el inspector.

—Desde el instante en que usted dijo que Mrs. Hayen y Annie murieron a resultas de una intoxicación por arsénico y que nosotros también habíamos sido envenenados; pero que no fallecimos debido a que se nos preparó de antemano para que nuestros organismos toleraran una dosis letal de arsénico, me convencí más de que mis sospechas siempre estuvieron bien dirigidas.

—Por favor, Mr. Donalt, sea más preciso —pidió el inspector.

—Perdone usted, señor inspector, procuraré ser más preciso. Escuche ahora con atención: Al día siguiente de encontrarnos aquí, ya tenía yo un sentido claro de las cosas, o sea, que no estaba como Jeannie, aunque tenía fuertes dolores de cabeza y me dolía el hígado a la menor palpación. Por eso, en cuanto tuve una oportunidad de conversar con el enfermero que nos atendía, le pregunté acerca de la causa que nos mantenía ingresados, a todos los habitantes de la casa de huéspedes, en este centro. Cuál no sería mi sorpresa cuando fui informado de que habíamos sido víctimas de una intoxicación colectiva. De inmediato me vinieron a la mente Mr. Hayen, Mrs. Gautal y las ratas —dijo Paul.

—Abunde sobre eso, Mr. Donalt. Le escucho atentamente —dijo el inspector Fort mientras trataba de encontrar comodidad en la silla metálica.

—La casa de huéspedes de Mrs. Gautal está infestada de ratas —comenzó diciendo el canadiense—, hasta tal punto es así que aquellos alimentos que no se guardan debidamente, son atacados por los roedores y en ocasiones, cuando no han encontrado algo a su alcance, se han aventurado hasta los dormitorios. Fue por ese motivo que una mañana Mrs. Hayen solicitó a Mrs. Gautal que tomara medidas al respecto. Luego, ese mismo día, a la hora de la cena, yo encontré un trozo de pan mordido por las ratas y así lo hice notar. Mrs. Gautal se apresuró a pedirle a Alfred que le trajera arsénico de la farmacia. Alfred lo trajo y preparó una pasta raticida en la cual empleó la mitad del arsénico. La otra mitad fue guardada para repetir la dosis si fuese necesario hacerlo. Al principio murieron muchas pues la fetidez inundaba la casa, hasta el punto de hacer insoportable la estancia allí. Después hubo un pequeño descanso, pues la pasta raticida casi se había terminado y el resto que quedaba en las latas no les llamaba la atención. Para no darles tregua Alfred preparó más raticida, siguiendo indicaciones de Mrs. Gautal, con una cantidad similar a la totalidad del arsénico que él había comprado la primera vez, para así no correr el riesgo de que el remanente se extraviara, como había ocurrido en la ocasión anterior.

—Deme usted más detalles sobre ese extravío, Mr. Donalt —interrumpió el inspector, seguro de haber hallado otro eslabón importante en la cadena de hechos del caso.

—Ocurrió así —comenzó diciendo el canadiense—. Del primer sobre de arsénico que se empleó en la preparación del raticida, Alfred tomó aproximadamente la mitad, dando a guardar el resto a Mrs. Gautal, para la posterior preparación de una nueva mezcla; pero cuando Mrs. Gautal fue a utilizarla no la encontraba. Por más que la buscó no dio con ella y sólo pudo llegar a la conclusión de que la niña la tomase para jugar, pues, en días anteriores había visto en el depósito de los desperdicios, restos de comida mezclados con un polvo blancuzco. Fue por ello por lo que Mrs. Gautal compró arsénico nuevamente y lo empleó en su totalidad en la pasta raticida, la cual, para asombro de todos, no dio resultado alguno.

—¿Cómo puede ser posible que conteniendo el doble de arsénico la pasta no hiciera efecto? Ordenaré analizarla hoy mismo —afirmó el inspector Fort, para luego agregar—. No se detenga, pero si lo sabe acláreme de una vez cómo obtuvo Alfred Hayen los conocimientos necesarios para la utilización del arsénico.

—Escuche inspector —dijo el canadiense mientras observaba al inspector Fort buscar acomodo en la silla metálica—. En las noches, después de la cena, nos reuníamos todos en la sala de estar para conversar. Alfred, por su parte, escuchaba la radio en voz baja, fumaba un cigarrillo tras otro y entre charla y charla echaba una ojeada a un voluminoso libro que tenía su forro de piel gastado, aparentemente por el uso. Mi curiosidad fue más fuerte que mi prudencia y por ello, un buen día, me aventuré a preguntarle a Mr. Hayen acerca del tipo de lectura que contenía aquel libro que le fascinaba. Me respondió que se trataba de un libro que dejaron abandonado los antiguos propietarios del edificio y que era un tratado de Farmacología, el cual versaba acerca de la utilización de productos tóxicos como estimulantes. Como le dije que en días recientes había estado escuchando sobre esa materia, comenzó a explicarme, con lujo de detalles, sobre el uso de la estricnina y de algunos otros tóxicos, conocidos como sustancias letales, que se emplean en farmacia, sin riesgo alguno para quienes los consuma, si son bien administrados. De más estaría decirle que en aquellos momentos no consideré que dicho libro pudiese ser un arma tan efectiva en lo que al crimen se refiere.

—¿Sabe si ese libro trata también sobre el uso del arsénico, Mr. Donalt? —inquirió el inspector Fort.

—Efectivamente, inspector —respondió el canadiense—. En él se habla sobre el uso del arsénico como estimulante y hace alusión a unos pobladores de ciertas aldeas italianas y austriacas, los cuales son arsenicófagos y gozan de excelente salud.

—Eso le hace suponer que ese libro es la fuente de la que Alfred Hayen obtuvo el conocimiento para utilizar el arsénico...

—¿Alberga usted duda alguna? —respondió el canadiense.

El inspector Fort se puso abruptamente de pie, le tendió la mano a Paul en señal de despedida y le dijo:

—Muchas gracias, Mr. Donalt. Usted me ha proporcionado una información muy valiosa y que puede resultar determinante en este caso. Le veré de nuevo si le necesito. ¡Ah! Se me olvidaba. Debo informarle que ni usted ni su esposa pueden salir de Londres, hasta tanto no se les autorice.

Ya se marchaba el inspector Fort cuando Paul le dijo:

—Inspector, quisiera me hiciese un favor si no le causa molestias.

—¿Cuál es el favor, Mr. Donalt?

—¿Me informará dónde está la tumba de Annie? Quisiera llevarle flores.

CAPÍTULO VII

Alfred Hayen se hallaba en su lecho, reclinado en unas almohadas. El inspector Fort tomó una silla, lo saludó y se sentó lo suficientemente cerca del enfermo como para poder percibir hasta los cambios en la intensidad de su respiración. Alfred Hayen, por su parte, lo miraba con cierta curiosidad, pues se preguntaba quién era aquel hombre que tenía ante sí y que anteriormente había estado hablando con los canadienses. Además, le intrigaba sobre cuál tema había girado la conversación entre ellos. ¿Acaso sería de la policía? En esas cavilaciones estaba cuando el inspector le dijo, sacándolo de su abstracción.

—Mr. Alfred Hayen, ¿tendría usted inconveniente en responderme algunas preguntas?

—No. No tengo ningún inconveniente; pero ¿con quién tengo el gusto de hablar? —preguntó Alfred.

—¡Oh! Perdone usted mi descuido. Soy el inspector Joe Fort, de la Brigada Criminal de Scotland Yard.

—¡Scotland Yard! ¿Qué tengo yo que ver con Scotland Yard? —inquirió Alfred.

—Mr. Hayen. ¿Conoce usted el motivo por el cual se encuentra recluido en este centro?

—¡Oh! Desde luego. Producto de una intoxicación —respondió.

—¿Conoce usted que motivó esa intoxicación?

—No. No tengo idea. A lo mejor fue el pescado que comimos.

—Caramba, que poco curioso es usted —dijo el inspector con un tono suspicaz en la voz.

—Sólo procuro no ser molesto con los demás formulando preguntas innecesarias —masculló Alfred.

—¿Ni aún estando en peligro su propia salud?

—Ni aún así.

—Pues entonces le estoy informando que se encuentra usted recluido en este hospital, producto de una intoxicación sufrida por la ingestión de arsénico —dijo el inspector.

—¿Arsénico? —repitió Alfred.

—Sí, arsénico. Mr. Hayen.

—¿Cómo ha sido posible?

—No creo ser yo la persona indicada para responder a esa pregunta —dijo el inspector.

—¿Quién entonces? —inquirió Alfred, con vivas muestras de inquietud.

—Serénese, Mr. Hayen —dijo el inspector—. Serénese y conversemos francamente, quizá podamos aclarar muchas cosas.

—Por lo que puedo apreciar esto se trata de un interrogatorio.

—No. Es una declaración relacionada directamente con el caso que me ocupa. Desde luego, si se viese usted involucrado, todo lo que hablemos hoy pasará a formar parte de su testimonio. No obstante, si usted lo desea yo me retiro y lo espero en mi oficina en compañía de su abogado, ya que la ley así lo establece —aclaró el inspector Fort.

—No tengo razón alguna para contratar un abogado, inspector. Si le complace hablar, hablemos. Yo no tengo nada que ocultar; pero antes de continuar, por favor, dígame, ¿Qué caso le ocupa que le trae a mí? ¿Cuál es el delito? ¿Quién lo cometió? —dijo Alfred.

—Verá usted, Mr. Hayen. El caso, al cual me refiero, es el que se ha abierto en relación con los hechos acaecidos en la casa de huéspedes situada en Lombard Street #113, en la noche del once de diciembre pasado. El aparente delito es el de envenenamiento colectivo, el cual ocasionó la muerte a Mrs. Luisa Hayen y a su hija Annie Bannet y la última pregunta aún no puedo contestarla pues apenas avanzamos en el proceso investigativo —respondió el inspector.

Al escuchar las palabras del inspector Fort el rostro de Alfred Hayen se desencajó. El inspector de inmediato, mirándole fijamente, le dijo.

—No me dirá usted que no le causó extrañeza la ausencia de ellas en esta sala, en la cual se encuentran los demás residentes de la casa. ¿Es que tampoco se había interesado por los dos únicos seres que están directamente relacionados con usted, Mr. Hayen?

El rostro de Alfred era patético. Aún no alcanzaba a coordinar las ideas para enfrentar todo aquello. Parecía idiotizado, con la vista fija en la barandilla inferior de la cama. El inspector Fort no perdía detalles, mientras observaba de soslayo a Mrs. Mary Gautal, la cual procuraba disimular la conmoción que sufría, a causa de lo escuchado. Súbitamente, el inspector Fort lanzó una andanada de preguntas sobre Alfred Hayen.

—Dígame, Mr. Hayen. ¿Qué le motivó a contraer matrimonio con Luisa Hayen? ¿Cómo definiría usted las relaciones con su esposa y con su hijastra? ¿A dónde fue a parar la fortuna que legó Mr. Orson Bannet a su esposa e hija, la cual administró usted, primeramente, como representante absoluto de todos los bienes de la viuda, y más tarde como esposo de esta?

La avalancha de preguntas lanzada por el inspector Fort sacó a Alfred de su ensimismamiento, y volteando la mirada hacia este, le dijo.

—Lo siento, inspector. Lo siento muchísimo. No puedo continuar conversando con usted. La impresión ha sido muy fuerte. Vuelva otro día si así lo desea o espere a que yo salga del hospital y pueda ir a su oficina. Haga usted lo que mejor le parezca. Pero ahora tenga la bondad de retirarse. No me encuentro en condiciones de seguir escuchándole.

El inspector Fort se puso de pie. Sin quitarle la vista de encima al enfermo rodó hacia atrás la silla de metal en la cual estuvo sentado durante la entrevista. Apretó fuertemente en su mano la pequeña libreta de notas y le dijo en voz baja al enfermo.

—Hasta pronto, Mr. Hayen. Nos veremos nuevamente.

****

Mrs. Mary Gautal procuraba ocultar la emoción que le embargaba, luego de haber escuchado las pocas palabras que había logrado captar de la conversación entre Alfred y aquel hombre, que ahora se dirigía hacia ella. Imaginaba la suerte corrida por Luisa Hayen y la pequeña Annie; pero la confirmación de sus sospechas le impresionó grandemente. Ella tuvo intenciones de preguntar a los enfermeros de la sala por la niña y su mamá; pero se contuvo, por temor a escuchar lo que aquel hombre le había dicho a Alfred, con la más clara intención de que llegara a sus oídos. De pronto un escalofrío recorrió su espalda cuando vio al inspector Joe Fort detenerse junto a su lecho. Respiró profundamente y procurando mostrarse serena le preguntó:

—¿En qué puede servirle, caballero?

—Desearía, si no le es molestia y se encuentra en condiciones, formularle algunas preguntas —le dijo el inspector.

—Estoy algo nerviosa, sabe usted; pero haré un esfuerzo para complacerlo.

—Gracias, Mrs. Gautal.

—Veo que usted conoce mi nombre, sin embargo, yo no tengo el placer de conocer el suyo.

—¡Oh! Disculpe mi torpeza por no haberme presentado antes, soy el inspector Joe Fort, de Scotland Yard.

—¿Scotland Yard?

—Sí, Scotland Yard —recalcó el inspector.

—No comprendo. No sé qué interés puede tener usted en conversar conmigo —dijo Mrs. Gautal.

—Sobre los hechos ocurridos en su casa la noche del once de diciembre —dijo el inspector.

—¡Hechos! ¿Cuáles hechos? —preguntó Mrs. Gautal.

—Intoxicación múltiple —respondió el inspector.

—¿Intoxicación múltiple?, dice usted.

—¿Sabía usted de la muerte de Luisa Hayen y de su hija Annie?, Mrs. Gautal.

—Acabo de escucharlo cuando usted se lo informaba a Mr. Hayen.

—¿Logró escuchar cual fue la causa que los llevó a la muerte? —preguntó el inspector.

—No, no lo sé —respondió Mrs. Gautal.

—Pues se sospecha que murieron a causa de un envenenamiento, señora.

—¡Envenenadas! —dijo Mrs. Gautal.

—Sí. Envenenadas con arsénico. Lo interesante de este caso es que el resto de los habitantes de la casa, incluyéndola a usted, presentan una intoxicación similar y no han muerto. Es como si alguien hubiese preparado un macabro plan para deshacerse de Mrs. Hayen y de su hija Annie —respondió el inspector.

—¿Insinúa usted que puede tratarse de un crimen? —preguntó Mrs. Gautal.

—Es posible.

—¿Existe ya algún sospechoso?

—Sí. Todos ustedes son sospechosos.

—¿Incluyéndome a mí? —preguntó alarmada Mrs. Gautal.

—Sí, incluyéndola a usted. Razones sobran para albergar sospechas en su contra, pues es precisamente usted la encargada de preparar los alimentos en la casa —afirmó el inspector.

—¿Cómo es que puede acusarme? ¿En qué basa sus acusaciones?

—No se altere, señora. Serénese y hábleme acerca de la animosidad que existía entre usted, Mrs. Luisa Hayen y la pequeña Annie.

—No existía animosidad alguna entre nosotras, era incompatibilidad de caracteres lo que nos hacía discutir en ocasiones. Todos son testigos de cómo ella y yo compartíamos los quehaceres domésticos y de mis esfuerzos por ganarme el cariño de Annie —enfatizó Mrs. Gautal.

—¿Cómo definiría usted sus relaciones con Alfred Hayen? —preguntó el inspector.

—¡Es usted un grosero y un impertinente! ¡Fuera de mi presencia o llamo al enfermero para que lo eche de inmediato! —exclamó encolerizada Mrs. Gautal.

—No se exalte, señora. Sé muy bien lo que debo hacer —dijo el inspector Joe Fort, en señal de despedida, mientras rodaba hacia atrás la silla de metal y se incorporaba dispuesto a marcharse.

CAPÍTULO VIII

Hacía apenas unos instantes que el doctor Ernest Lesser había comprendido el por qué la prensa londinense le concedía tan pocas posibilidades de triunfo, en el caso que se disponía a defender. Precisamente esa mañana había leído un comentario referente al caso Lombard Street #113, que le había llenado de ira. El artículo reverenciaba la amplia experiencia, el conocimiento de la ley y la habilidad en su desempeño, ante las cortes de justicia, que adornaban a quien actuaría como fiscal del caso, el abogado sir Ralf Wilcot. Así como vaticinaba que prontamente el fiscal tomaría ventajas sobre su inepto contrincante, un inexperto abogado de oficio. A Ernest Lesser le molestaba admitir que su oponente fuese considerado como el mejor jurista de toda Inglaterra, en aquellos momentos; aunque comprendía el enorme beneficio que para él representaba, enfrentarse a una celebridad como sir Ralf Wilcot, al inicio de su carrera. De repente se sintió intimidado, petrificado, más bien acorralado por la presentación del caso que había hecho sir Ralf Wilcot. No encontraba cómo comenzar y hacerle frente a la inesperada situación. Él, que se consideraba preparado para combatir cualquier estrategia que usara la fiscalía, cómo pudo pasar por alto aquella que tenía ante sí. Se encontraba frente al inspector Fort y no sabía por dónde comenzar. El jurado estaba visiblemente impresionado por la forma en que el fiscal presentara el caso. Ernest Lesser miraba de reojo a su rival buscando algún detalle que le devolviese la confianza en sí mismo, mientras el fiscal observaba disimuladamente todos sus movimientos mientras esbozaba una leve sonrisa. ¿Por dónde comenzar?, pensó nuevamente Lesser. Se acarició el mentón y como recurso hizo una retrospectiva mental de la intervención que hiciera sir Ralf Wilcot, al iniciarse el proceso, buscando así encontrar la brecha por dónde encauzar su interrogatorio al inspector Fort. El fiscal había sido breve en su primera oportunidad al hacer uso de la palabra en el proceso, tan solo se limitó a informar acerca de la vida de los acusados. Comenzó hablando de la forma libertina en que Mary Gautal había conducido su vida, aún estando casada con su difunto esposo Robert Gautal. De inmediato hizo alusión a la extraña muerte del marido, una apoplejía fulminante, según las versiones médicas del momento. Haciendo notar que dicho dictamen podría resultar en algunos casos, de forma involuntaria, una de las tantas formas de hacer aparecer un crimen por envenenamiento, como muerte natural; dada la semejanza de esta enfermedad con los efectos de ciertos tóxicos. Fue en ese preciso instante que él se dirigió al magistrado Dr. David Rogell, quien fuese designado como juez de aquel caso, para formular una protesta ante las insinuaciones de su oponente, en relación con los motivos de la muerte del ex esposo de la acusada, protesta que fue aceptada; pero cuyo efecto resultó inoperante debido a la duda que ya había sembrado entre los miembros del jurado. Sir Ralf

Wilcot continuó su presentación haciendo referencia a las condiciones que impulsaron a la familia Hayen a hospedarse en Lombard Street #113, y a las supuestas relaciones íntimas de los acusados, según declararon los demás huéspedes. Remarcó la azarosa existencia de Alfred Hayen, desde que apenas era un niño, su desordenada adolescencia, sin olvidarse de describir el barrio marginal donde creciera el acusado. Pasó casi por alto el tiempo que Alfred Hayen había servido en el ejército, así como su participación en la guerra; pero se cuidó muy bien de destacar la manera en que había entrado en contacto con Mrs. Luisa Lonfart, a la que después de arruinar haría su esposa y más tarde, según se le acusaba, envenenaría en su intento por evitar una investigación judicial que le hubiese llevado a la cárcel. Otra vez el abogado defensor había protestado el alegato del fiscal, ante el Dr. Rogell; pero en esta ocasión el juez había rechazado su protesta, por considerar que el fiscal no se había apartado de la línea del caso. Entonces comprendió cuánto había avanzado sir Ralf Wilcot en su labor, en apenas minutos, y cuán fuerte debía trabajar si quería reducir la brecha; pero a quién se le hubiese ocurrido que apenas en la presentación del caso sir Ralf Wilcot hubiese hecho referencia a las causas de la muerte de Robert Gautal. Luego, aquella inusual forma, usada por el fiscal para solicitar la comparecencia del inspector Joe Fort, de la Brigada Criminal de Scotland Yard, como primer testigo de la fiscalía, tomó por sorpresa hasta al mismo Dr. Rogell. El inspector fue detallista y sumamente cuidadoso al enumerar los hechos. Comenzó con la llamada telefónica que le diera aviso del caso, la noche del once de diciembre, la cual le condujo a una entrevista con el Dr. Rust. Seguidamente fue exponiendo, explícitamente, el mecanismo de la investigación, más la relación de pruebas realizadas en el laboratorio legal y todo lo concerniente al caso, de lo cual tenía total conocimiento.

Era todo lo que había acontecido hasta esos momentos. Ahora le correspondía a él sacar ventaja de las futuras respuestas del inspector; pero... ¿Cómo? De momento se sintió iluminado y sin detenerse a pensarlo, lanzó la pregunta:

—Inspector Fort. Me agradaría conocer su impresión, acerca del móvil del crimen que se les imputa a mis defendidos. Considero que todos merecemos conocer su punto de vista al respecto, ya que lo considero la clave fundamental del caso.

¿De dónde le había surgido semejante pregunta? No lo sabía a ciencia cierta, pero observó claramente que los miembros del jurado, al escuchar lo que él acababa de exponer, se revolvieron intranquilos en sus asientos, en espera de nuevas revelaciones que resultarían trascendentales. Sin embargo, a pesar de saber que había tocado el único punto sobre el cual podría encaminar su defensa, sus preocupaciones iban en aumento, al comprobar que la sonrisa de sir Ralf Wilcot se reafirmaba aún más en su rostro.

—Los móviles aparentan ser varios —comenzó diciendo el inspector Joe Fort—. Si me lo permiten, comenzaré con los móviles que, según las investigaciones realizadas, pudieron haber impulsado a Mr. Alfred Hayen a cometer el crimen. —Y continuó—: En primera instancia todo indica que Mr. Alfred Hayen realizó el matrimonio con Mrs. Luisa Lonfart, viuda de Bannet, motivado por la conveniencia y buscando evitar que Mrs. Lonfart fuese a ordenar una investigación judicial, en relación con sus bienes, cuando comprendiera que la fortuna administrada por él se estaba evaporando. En segunda instancia, recobraría su vida de soltero y con ella el cese de sus responsabilidades. En tercer lugar, no encontraba la forma de darle a su esposa una explicación satisfactoria, acerca de sus relaciones con la casera. Todo eso podemos resumirlo como un móvil de seguridad personal. En cuanto a los móviles que impulsaron a Mrs. Mary Gautal a colaborar en la realización del crimen, pues todo nos hace indicar que fue buscando la seguridad y la independencia de Mr. Alfred Hayen. Desde luego, siempre basándonos en la especulación de las relaciones que, según indican los hechos, ambos sostienen. En cuanto a las causas que les impulsó a asesinar a la niña, puede decirse que fueron por motivos de seguridad, pues con ella fuera del juego era muy poco probable que alguien mostrase interés en abrir una investigación, sobre el destino de los bienes que había heredado de su padre.»

—Inspector Fort —interrumpió Mr. Ernest Lesser —lo que usted acaba de informarnos, en cuanto a los posibles móviles que condujeron a los acusados a cometer el supuesto crimen, está basado en sus estudios del caso, ¿Estoy en lo cierto?

—Sí, eso es correcto —contestó el inspector.

—Inspector Fort —dijo Mr. Ernest Lesser, ya más seguro de sí mismo—. Es un hecho que los supuestos motivos, que pudieron haber impulsado a Mr. Alfred Hayen a cometer un acto tan atroz, están reflejados en libros de contabilidad y cuentas bancarias que han sido recopilados y analizados; pero existe alguna prueba contundente que demuestre que existe o existió una relación amorosa entre los acusados.

Mr. Ernest Lesser estaba seguro de que acababa de propinar un certero golpe a la estrategia del fiscal sir Ralf Wilcot y que además avanzaba por el camino correcto. Sabía que a Alfred Hayen se le podían imputar numerosos motivos, para haber cometido el asesinato. Así como también sabía que éste era un hombre avaricioso y de pocos escrúpulos; pero Alfred Hayen nunca preparó los alimentos en la casa de huéspedes, y la muerte de Mrs. Luisa Hayen y de su pequeña hija Annie, aparentemente se había producido mediante un elaborado plan de envenenamiento colectivo, cuyo colofón fue la cena que preparara Mrs. Mary Gautal para la noche del once de diciembre, y Mr. Ernest Lesser sabía que si no era posible comprobar plena y claramente la relación amorosa entre los acusados, lo cual establecería un móvil evidente para la realización de sus acciones, no podría establecerse un motivo que condujera a que Mrs. Mary Gautal, fuese condenada por la comisión de semejante crimen.

—Bueno, verá usted —respondió lentamente el inspector Joe Fort—. Pruebas palpables de esa relación no existen, pues para ese tipo de relación no es necesario realizar trámite alguno, en el que pueda reflejarse una prueba. Todo lo contrario [murmullos y risas leves se dejaron escuchar en la sala.] Solamente contamos con las declaraciones del matrimonio Donalt, que, aunque dicen nunca haber presenciado algo específico, también sostienen que la relación entre los acusados no era propia de un inquilino para con su casera. Pero con todo mi respeto Mr. Lesser, me permito recordarle que Mrs. Mary Gautal no está siendo juzgada por conducta lasciva o por inmoralidad, si no, por haber cocido los alimentos que sirvieron de vehículo para realizar este crimen.

—Disculpe inspector —interrumpió Mr. Ernest Lesser—, quisiera aclararle que según dice el informe extendido por ustedes, que fueron los encargados de investigar los hechos, el veneno fue hallado en el jugo de naranjas, no en la comida. ¿Es eso correcto?

—Para los efectos del caso es lo mismo —replicó el inspector Fort, visiblemente irritado—. Recuerde que el jugo de naranjas salió también de la cocina de Mrs. Mary Gautal.

—Es todo Sr. Juez —dijo Mr. Ernest Lesser mientras retornaba a su silla.

CAPÍTULO IX

El secretario del tribunal, Mr. Reynold Rell, tomó el juramento de rigor al joven agente de policía Anthony Flyn, que había sido el primero en personarse en Lombard Street #113, luego del suceso acaecido. Mientras juraba, no dudaba en pensar que sus más de veinte años de experiencia en el ejercicio de su cargo le aseguraban que estaba en medio de un caso que dejaría huellas en la historia de la jurisprudencia británica.

El agente tomó asiento, luego de su juramento, y se dispuso a esperar que procediesen con el interrogatorio. Sir Ralf Wilcot se dirigió hacia él con paso seguro, le saludó cortésmente y de inmediato le hizo la primera pregunta.

—Agente Flyn, ¿nos podría decir usted cómo fue que tuvo conocimiento de este caso?

El agente Anthony Flyn humedeció sus labios, giró sus ojos varias veces por sus órbitas, como buscando ordenar propiamente los hechos, y al fin dijo:

—Verá, señor fiscal. Cumplía con el recorrido por mi jurisdicción, cuando vi que alguien corría pidiendo auxilio; entonces grité: «Aquí», y fui a su encuentro. Al acercarme un hombre me pidió, sin ofrecer explicaciones, que buscara un vehículo para transportar al hospital a dos personas enfermas. Me informó la dirección adonde debía acudir y sin esperar respuesta se marchó, dando traspiés, por donde mismo había venido.

—Agente Flyn, ¿volvió usted a ver a ese señor posteriormente?

—Sí, señor fiscal. Al llegar a la casa sita en Lombard Street #113, lo vi retorciéndose en el suelo junto a otras cinco personas —respondió el agente Anthony Flyn.

—Agente Flyn. ¿Podría usted decirme si fue ese el hombre que le solicitó ayuda aquella noche? —preguntó sir Ralf Wilcot señalando para Alfred Hayen.

—No, señor fiscal. Ese no fue el hombre —respondió el agente Anthony Flyn, mientras observaba fijamente a Alfred Hayen.

—Me basta, señor juez —dijo sir Ralf Wilcot mientras se retiraba a su silla.

El juez David Rogell se acomodó en la silla, ordenó los papeles que estaban en su estrado y volviéndose al abogado defensor Mr. Ernest Lesser, le dijo.

—Dr. Lesser, le corresponde su turno con el testigo.

El abogado defensor terminó de hacer unas anotaciones en su cuaderno, para luego dirigirse al magistrado e informarle:

—Declino la oportunidad. No considero que el testigo pueda aportar algo de importancia para la solución de este caso.

CAPÍTULO X

El Dr. Roulf Wensin esperaba la primera pregunta de sir Ralf Wilcot. Estaba cohibido pues se sabía el centro de todas las miradas. Además, la poca costumbre de verse ante un tribunal, aunque tan sólo fuese como testigo, lo ponía incómodo.

Recordaba que cuando momentos atrás prestara juramento ante el secretario de la corte, su voz era apenas audible y las piernas le flaqueaban. El sudor le perlaba la frente cuando llegó a sus oídos la voz del fiscal.

—Díganos, Dr. Wensin, cómo fue que usted arribó a la conclusión de que las personas que fueron trasladadas aquella noche desde Lombard Street #113, a la sala del hospital que está bajo su dirección, se hallaban bajo los efectos de un tóxico.

—La sintomatología que ellos reflejaban y mi experiencia como médico me lo hicieron ver.

—¿Fue entonces que usted avisó al director del centro para comunicarle sus sospechas?

—En efecto, señor fiscal, así ocurrió —respondió el Dr. Wensin, ya más dueño de sí.

—¿Qué decidieron entonces usted y el Dr. Rust?

—Ordenamos practicar análisis de sangre a los enfermos buscando un tóxico y en particular arsénico, el cual parecía ser el más probable.

—Dr. Wensin. ¿Este tipo de análisis se realiza con frecuencia en los laboratorios de los hospitales civiles?

—No, señor fiscal. Este tipo de análisis se efectúa en muy contadas ocasiones en nuestro centro. Son los laboratorios de medicina legal los encargados de realizarlos, pero decidimos encomendarle esta misión a nuestro jefe de laboratorio pues sabíamos de su capacidad para estos menesteres, y además allí contábamos con los reactivos necesarios para hacer las pruebas, y de esta manera tendríamos en nuestras manos un diagnóstico más exacto de la enfermedad que les aquejaba a los pacientes.

—Dr. Wensin. ¿Cuál fue el resultado de esos análisis?

—Estas pruebas arrojaron que en la sangre de los enfermos existía arsénico en proporciones alarmantes, señor fiscal.

—Dr. Wensin. Según me han informado a los enfermos se les practicó otra investigación relacionada con la anterior. ¿Podría usted abundar en ello?

—Con gusto, señor fiscal, le cuento. Luego de recibir los resultados de los primeros análisis y de comprobar que mis sospechas eran ciertas, el Dr. Rust ordenó realizar una investigación encaminada a obtener el más exacto estimado de la cantidad de tóxico que reflejaban cada uno de los intoxicados en su sangre.

—Dr. Wensin. Hágame el favor de informar a la sala cuáles fueron los resultados de esa segunda investigación.

—Asombrosamente, señor fiscal, los que presentaban mayor cantidad de arsénico en la sangre eran los que en mejor estado físico se encontraban.

—¿Cómo se podría explicar esa contradicción, Dr. Wensin? —preguntó sir Ralf Wilcot, impulsando al médico a exponer su teoría sobre el caso.

—Con gusto, señor fiscal. Le diré que después de haber estudiado los resultados de las autopsias, de haber analizado el trabajo realizado en los laboratorios, tanto el legal como el clínico, y de haber consultado con especialistas en materia de toxicología, el Dr. Rust y yo hemos llegado a la conclusión de que en este caso hubo alguien que fue preparando sistemáticamente los organismos de los cuatro sobrevivientes con una dosis adecuada de arsénico, en busca de crear una tolerancia orgánica al tóxico, de manera que al ingerir una dosis letal, a ellos sólo les produjera una serie de trastornos de menor importancia, y por ende, que ese envenenamiento colectivo apareciese como una enfermedad común, que desviara toda posible sospecha de asesinato.

—Dr. Wensin, ¿tiene usted conocimientos de toxicología?

—Sí, señor fiscal. Fue una de las asignaturas opcionales que tomé cuando realicé estudios, posteriores a mi graduación.

—Dr. Wensin, ¿cree usted posible que un médico que no poseyera conocimientos sobre toxicología hubiese podido detectar que no se trataba de una enfermedad común, lo que padecían los vecinos de Lombard Street #113?

—Verá usted, señor fiscal. En las primeras horas sería imposible, pues es frecuente ver como llegan al hospital familias enteras padeciendo todos del mismo mal, como consecuencia del consumo de comidas en conserva en mal estado; y la diferencia entre esta enfermedad y el envenenamiento por arsénico, en lo referente al cuadro clínico que presenta el paciente, es mínima; mas al transcurrir veinticuatro horas de producirse la intoxicación ya existen diferencias marcadas. Pero en este caso en particular, a consecuencia de la preparación a que fueron sometidos de antemano cuatro de los pacientes, sólo un error en la cantidad de arsénico suministrada, en esa noche, tal vez por temor a que no fuera efectiva la dosis prudencial, pudo hacer posible que yo comprendiera, casi de inmediato, la realidad del caso.

—Dr. Wensin, ¿considera usted que alguno de los sobrevivientes estuvo en peligro de muerte, en el transcurso del tiempo en que se mantuvieron bajo tratamiento en el hospital?

—Sí, señor fiscal. Mrs. Donalt fue, entre todos, la que peor lo pasó. Hubo momentos en los cuales creí que no tenía salvación e inclusive ahora, que ya la estimamos restablecida, aún padece de una ligera ictericia y no ha podido recuperar la totalidad de su peso. Nosotros consideramos que es consecuencia directa de la cantidad de tóxico que se acumuló en su organismo.

—Entonces, Dr. Wensin, podemos sacar en conclusión, basándonos en sus declaraciones, que, de no haber incurrido el asesino en un error, en cuanto a la cantidad de arsénico suministrada aquella noche, teniendo en cuenta la preparación a que habían sido sometidos cuatro de los seis habitantes de la casa de huéspedes de Mrs. Mary Gautal, para poder resistir la ingestión de una dosis letal de veneno, todo hubiese pasado como una gastroenteritis colérica que afectó a todos y que causó, por desgracia, la muerte de dos de sus habitantes.

—Así hubiese sido, señor fiscal.

—Una última pregunta, Dr. Wensin. ¿Hubiese podido negarse Mr. Alfred Hayen a autorizar la práctica de la autopsia en los cuerpos de su esposa y de su hijastra, en caso de que sus muertes se hubiesen producido como consecuencia de una enfermedad común?

—Sí, señor fiscal. Sí hubiese podido negarse — respondió el doctor Wensin.

El abogado defensor, Mr. Ernest Lesser, saltó airado de su asiento y protestó por las insinuaciones del fiscal sir Ralf Wilcot y las afirmaciones del Dr. Roulf Wensin, sobre una teoría no probada aún, la cual tenía, como único objetivo, confundir al jurado.

El juez David Rogell se ajustó los espejuelos con el índice y dijo en tono casi paternal:

—Dr. Lesser. Su protesta no ha lugar.

El Dr. Roulf Wensin volvió a sentirse nervioso. Sabía que el abogado defensor procuraría sacarle el mayor provecho posible al interrogatorio que se disponía a hacerle. Más nervioso aún se sintió cuando el Dr. Ernest Lesser lo miró inquisitivamente y señalándolo con el índice le preguntó.

—Dr. Wensin, ¿qué tiempo demoró en obtener los resultados de los primeros análisis?

—Cuarenta minutos, a lo sumo, Dr. Lesser.

—Entonces puede considerarse que los enfermos no recibieron una asistencia médica adecuada, para su caso, durante la primera hora de estadía en el hospital.

—No sucedió precisamente como usted lo expresa, Dr. Lesser. Aunque tuvimos que esperar los resultados de los informes de laboratorio para corroborar nuestras sospechas y actuar de acuerdo con el caso. Además, me gustaría agregar que la niña y su madre no contaron, en momento alguno, con posibilidades reales para rebasar la crisis y poder sobrevivir a los hechos.

—¡Me basta, señor juez! ¡Me basta! —exclamó el abogado defensor para interrumpir las palabras del médico.

CAPÍTULO XI

El Dr. Boris Hull se sentía importante pues era la primera vez que era llamado a atestiguar ante una corte judicial, a pesar de los años trabajados en el laboratorio del hospital.

Sir Ralf Wilcot se encaminó hacia él con paso mesurado. Se detuvo ante la barandilla, retiró de su rostro las gafas y le formuló la primera pregunta al testigo.

—Dr. Hull, ¿nos podría decir qué hacían usted y su ayudante en el preciso momento en el que le fue encomendada la investigación de buscar un probable tóxico en la sangre de las personas que les fueron señaladas por el Dr. Rust?

—Estábamos esterilizando tubos de ensayo y probetas, señor fiscal.

—Usted se preguntará el motivo de esta pregunta, Dr. Hull. La he hecho solamente para demostrar que estaban bien despiertos a esas altas horas de la noche. Lo que demuestra que se encontraban en óptimas condiciones para realizar la investigación de este caso. ¿Estoy en lo cierto o no, Dr. Hull?

—Sí, señor fiscal, usted está en lo cierto.

El Dr. Ernest Lesser se revolvió en su silla; tenía deseos de protestar, pero comprendió que nada remediaría con ello. Sabía que esta sencilla estratagema sería otro paso a favor de sir Ralf Wilcot. A simple vista la observación era insustancial, pero echaba por tierra sus planes con respecto al interrogatorio de aquel testigo.

—Dr. Hull —dijo sir Ralf Wilcot, interrumpiendo de ese modo los agitados pensamientos del Dr. Ernest Lesser—. Podría informarnos usted, de la forma más exacta que le sea posible, el resultado de aquel primer análisis que les fue practicado a los seis pacientes antes citados.

—Con gusto, señor fiscal. Previendo que usted o el abogado defensor me pudieran hacer esa pregunta copié el resultado de los análisis, el cual leeré a continuación.

Todos escucharon con expectación el informe que leía el Dr. Boris Hull. A medida que avanzaba en su exposición, los rostros de todos los presentes se tornaban tétricos, mientras que el del fiscal contrastaba con el de ellos; sus ojos brillaban y en sus labios jugueteaba una sonrisa triunfal. El Dr. Ernest Lesser se percató de ello y su cólera llegó al paroxismo. Se contuvo a duras penas, pues comprendía que aún debía aguardar a que le correspondiese su turno para interrogar al testigo. El Dr. Boris Hull finalizó su lectura, por lo que sir Ralf Wilcot le formuló una nueva pregunta.

—Gracias, Dr. Hull, por habernos leído el informe;

pero quisiera agradecerle además que nos dijese cuál fue la otra investigación que se le practicó a los pacientes, y los resultados obtenidos.

—La segunda investigación fue también ordenada por el Dr. Rust, señor fiscal, y estaba encaminada a definir el estimado de arsénico, contenido en la sangre de cada uno de los pacientes —respondió el Dr. Boris Hull, para agregar luego de una breve pausa—: En cuanto a los resultados de la investigación le informo que fueron asombrosos, puesto que los portadores de mayor cantidad de tóxico en sus organismos eran los que en mejores condiciones físicas se encontraban.

—Muchas gracias, Dr. Hull —dijo sir Ralf Wilcot, para luego voltearse hacia el juez y decir—. He concluido con el testigo, su señoría.

El juez Dr. David Rogell ofreció seguidamente al abogado defensor la oportunidad de tomar declaración al testigo.

El Dr. Ernest Lesser avanzó decidido hacia el médico. Le saludó, y sin más preámbulos le preguntó:

—Dr. Hull, ¿cuántas veces les realizaron ese estimado individual a los enfermos?

—Solamente una vez, señor abogado defensor —respondió el Dr. Boris Hull.

—Dr. Hull, ¿fue inmediatamente después que usted obtuvo las muestras de sangre de los pacientes, que estos se sometieron a un tratamiento intensivo para eliminar el supuesto veneno de sus organismos?

—Efectivamente, señor abogado defensor. Así ocurrió según me informara posteriormente el Dr. Wensin —respondió el Dr. Boris Hull.

—Dr. Hull, ¿qué puede usted decirnos acerca de la posibilidad de que se hubiesen confundidos los recipientes que contenían las muestras de sangre de los enfermos, y que ese hecho hubiese dado lugar a resultados tan asombrosos? —preguntó, enfáticamente, el Dr. Ernest Lesser.

—¡Protesto, señor juez! —exclamó sir Ralf Wilcot airado—. Esto es una ofensa a la profesión médica y una ofensa a la Corona de Inglaterra. Las insinuaciones proferidas por el abogado defensor son sencillamente inaceptables.

—Ha lugar la protesta —recalcó el juez Dr. David Rogell, para agregar a continuación en forma recriminatoria—: Dr. Lesser, limítese a hechos o teorías que tengan bases sólidas o que estén fundadas en pruebas concretas. No trate de poner en tela de juicio la moral y el prestigio de hombres que merecen nuestra admiración y nuestro respeto, por lo abnegado y humano de su profesión —concluyó diciendo el juez.

Sir Ralf Wilcot tomó asiento y sonrió levemente. El jurado había quedado galvanizado ante las palabras del juez. El silencio era total, cuando la voz del juez Dr. David Rogell se dejó escuchar nuevamente para decir.

—Dr. Lesser, puede usted continuar.

—Es todo, señor juez. He terminado con el testigo —dijo el abogado defensor mientras se retiraba a su asiento.

—Siendo así, doy por terminada la vista para el día de hoy. Continuaremos mañana a las 10:00 a.m. —informó a los presentes el juez Dr. David Rogell.

CAPÍTULO XII

La prensa fustigó duro la actitud asumida por el abogado de la defensa Dr. Ernest Lesser. Según la opinión de los periodistas, esa manera reflejaba la ineptitud del letrado para defenderse ante los embates del fiscal sir Ralf Wilcot quien, como era su eterna costumbre, había logrado situarse en una posición ventajosa sobre el joven abogado. El primer logro que obtuvo el fiscal Wilcot, según la opinión de la prensa, fue en el momento mismo que designó al inspector de Scotland Yard, Joe Fort, para que, en calidad de testigo, formulara indirectamente los cargos contra los acusados. El segundo paso de avance se lo atribuían al instante en que el fiscal le preguntó al agente Anthony Flynn, si el acusado era la persona que le había solicitado auxilio aquella noche, para así dejar establecido, que se habían quedado en la casa, Mrs. Mary Gautal, Mrs. Jeannie Donalt y Mr. Alfred Hayen, al igual que Mrs. Luisa Hayen y la pequeña Annie Bannet, las cuales se hallaban inconscientes.

En cuanto a los beneficios que le habían reportado a la causa de la fiscalía las intervenciones de los testigos Dr. Roulf Wensin y Dr. Boris Hull, los reporteros aseguraban que necesitaban de muy pocos comentarios, pues las contradicciones que se suscitaron entre la defensa y la presidencia del tribunal podrían haber ejercido una influencia determinante en la opinión de los integrantes del jurado.

Eran las diez antemeridiano cuando se reanudó la vista. Apenas le concedieron el ejercicio de la palabra, sir Ralf Wilcot no vaciló en solicitar le fuese leído el informe de las autopsias practicadas en los cuerpos de Mrs. Luisa Hayen y de su hija Annie, exponiendo que, para él, este informe era portador de una claridad excepcional, en relación con el caso. A una orden del juez, el secretario de la corte Mr. Reynold Rell comenzó a leer en alta voz:

—Resumen del informe forense proveniente de las autopsias practicadas en los cuerpos de Mrs. Luisa Hayen y de la niña Annie Bannet, y cito —el secretario hizo una pequeña pausa para luego continuar—: «Los exámenes forenses practicados en los cuerpos de Mrs. Luisa Hayen y de la niña Annie Bannet, arrojan los siguientes resultados: La causa de la muerte de ambas personas se produjo como consecuencia directa de una parálisis respiratoria, provocada por intoxicación debida a la ingestión de anhídrido arsénico, la cual condujo, seguidamente, al paro cardíaco.

»Otras apreciaciones complementarias que ayudaron a verificar la ingestión de anhídrido arsénico, observado en los organismos de las occisas son:

a) Inflamación de las glándulas gastrointestinales.

b) Degeneración grasosa del hígado, corazón y paredes vasculares.

Dado en Londres a los catorce días del mes de diciembre de…»

—Es todo, su señoría —exclamó el secretario de la corte al finalizar la lectura del documento.

—Gracias, secretario —replicó el magistrado, para luego agregar dirigiéndose a sir Ralf Wilcot—: Continúa la fiscalía en el uso de la palabra.

—Gracias, señor juez. Es todo cuanto necesitaba escuchar en referencia al examen forense. Lo cierto es que me hubiese gustado que los médicos forenses, encargados de la autopsia, hubiesen abundado más en su informe en cuanto a la cantidad de arsénico hallado en las vísceras de los cadáveres; pero considero que, con la lectura del informe, que acabamos de escuchar, no sea necesario solicitar un nuevo examen forense. Desde luego, si la defensa no decide otra cosa —expresó mientras se volvía de frente al Dr. Ernest Lesser, el cual se revolvía inquieto en su butaca.

—La defensa tiene la palabra —dijo el juez.

—No considero necesaria mi intervención en estos momentos, su señoría —vociferó el abogado defensor.

CAPÍTULO XIII

Un murmullo recorrió la sala cuando fue anunciada la comparecencia del próximo testigo, el Dr. Richard Brook, de los laboratorios de Scotland Yard.

El Dr. Brook avanzó por el pasillo pausadamente. Cruzó por el espacio que dejaba libre la corta baranda de balaustres torneados que mantenía abierta el secretario de la corte, quien se disponía, Biblia en mano, a tomarle el juramento de rigor. El médico se detuvo ante la butaca de los testigos, de frente a la sala. Esperó la llegada del secretario. Colocó su diestra sobre el grueso libro y repitió maquinalmente lo que le dijeron. Acto seguido paseó su mirada por los miembros del jurado. Observó al juez con detenimiento y posteriormente a los acusados. A continuación, contempló al abogado defensor, en este último notaría cierta turbación. Cambió su vista nuevamente y ante sí apareció la grácil figura del fiscal, sir Ralph Wilcot, que lo miró como si estuviese haciendo un profundo estudio de su persona, para luego decir:

—Dr. Brook, abusando de su generosidad desearía exponerle al jurado algunos elementos que hacen de este un caso diferente, donde la ciencia médica ha sido el factor determinante en todo el período de la investigación —dijo el fiscal mientras encaminaba sus pasos hacia la mesa que estaba al lado del sitial del juez. Una vez allí, continuó diciendo:

—Señores del jurado, antes de darme a la tarea de tomar las declaraciones del Dr. Brook, quisiera hacerles notar algo a ustedes. Esta mesa está destinada, en la totalidad de los casos que se procesan en esta sala, a servir de asiento a todo aquello que pueda constituir una prueba para la investigación; sin embargo, en esta oportunidad está vacía. Los más observadores de ustedes ya se habrán preguntado el por qué de esta situación. Algunos habrán llegado a pensar que se carece de pruebas. Otros estarán esperando el momento en que sean reveladas para conocer su verdadero alcance. Para todos, unos y otros, he de informarles que las pruebas, en esta ocasión, se encuentran lejos de aquí, en el edificio que ocupa el Laboratorio de Medicina Legal de Londres; pero en su defecto podemos contar con los informes que relatan lo que arrojaron las pruebas —dijo señalando un pequeño grupo de papeles que se encontraban apilados en una de las esquinas de la mesa; y continuó—: Si anteriormente no les hice reparar a ustedes en este detalle, fue con el deliberado propósito de buscar el momento adecuado, y este parece serlo. Así es que les pido que escuchen atentamente cada palabra que emita el próximo testigo.

Dicho esto, se situó frente al Dr. Richard Brook, se caló los anteojos y comenzó a leer para sí las anotaciones que tenía escritas en una pequeña libreta, que acababa de sacar del bolsillo interior de su saco. Cuando finalizó la lectura, encaró al testigo y le dijo:

—Dr. Brook, le ruego ponga en conocimiento de los presentes los resultados de las investigaciones que usted realizó a partir del examen a los elementos recolectados, en presencia del inspector Joe Fort, en la escena del crimen.

El Dr. Richard Brook se mantuvo meditabundo por unos instantes, para luego decir con voz pausada:

—Podría comenzar con los residuos del té; los terrones de azúcar que recogí en la cocina y el recorte de tela que formaba parte de un mantel, el cual presentaba muestras frescas de una bebida; aunque mejor sería empezar por nuestra llegada a Lombard Street #113 y las primeras impresiones recibidas. Sí, eso haré —se dijo a sí mismo el testigo para luego continuar:

—Cuando el inspector Fort y yo entramos al recibidor de la casa, él me hizo notar la gran mancha que había en el centro del piso de la pieza. Nos acercamos cuidadosamente, evitando estropear cualquier evidencia que nos pudiese servir con la obtención de posibles muestras. Sin duda alguna, aquello era un gran vómito. En primer término, por la fetidez y el característico olor acre que particulariza al vómito humano, y, en segundo lugar, porque se podían observar residuos de alimentos ingeridos, lo que dejaba ver a las claras su procedencia y naturaleza. Tomamos muestras para analizarlas posteriormente. A continuación, fuimos al comedor, sitio en el cual no encontramos elementos de interés alguno, ya que el piso se mostraba bien barrido y todo estaba ordenado y recogido. Del comedor pasamos a la cocina, donde solamente pudimos toparnos con los restos del servicio del té, pues los demás útiles empleados durante la cena habían sido fregados en su totalidad. Allí el inspector insistió en que tomara muestras del azúcar, por si contenía algo que pudiese proporcionarnos una pista. Ya íbamos a marcharnos cuando el inspector me hizo notar un mantel blanco con manchas en uno de sus bordes. Con unas tijeras procedí a cortar el pedazo de mantel manchado, aislé la muestra debidamente y la coloqué con las otras. Luego, recorrimos la casa nuevamente en busca de cualquier elemento que pudiese resultarnos sospechoso, pero esta fue en vano. Hasta ahí mi primera visita al lugar de los hechos y, por ende, mi primer contacto con algunos elementos relacionado con este caso.

El Dr. Richard Brook hizo una pausa para beber un sorbo de agua. Una vez que devolvió el vaso a su lugar, se dispuso, a responder sin más rodeos a la pregunta que acababa de formularle el fiscal.

—Pues no encontré anormalidades en el té, ni en el azúcar, señor fiscal; mas, analizando las muestras de los vómitos tropecé con la presencia de óxido de arsénico o algo muy similar a este. En cuanto al recorte del mantel, tenía varias manchas que sin lugar a dudas eran de jugo de naranjas; tanto en el centro como en el borde de estas se podía apreciar una sustancia que coincidía con la que anteriormente se había hallado en los vómitos, o sea, uno de los derivados del arsénico, presumiblemente óxido o anhídrido de arsénico. No siendo así en la parte del tejido libre de manchas. Lo que demuestra que el tóxico no estaba sobre el tejido del mantel ni sobre el piso de la casa, pues también se analizaron muestras que se lograron de los lugares que no estaban contaminados con los vómitos. De esta manera, puedo concluir diciendo que el tóxico estaba contenido en los alimentos ingeridos por las víctimas. Además, estimo que la totalidad del derivado de arsénico, ingerido por los habitantes de Lombard Street #113 aquella noche, se hallaba en el jugo de naranjas.

—Dr. Brook —le interrumpió el fiscal—, ¿contó usted durante el proceso investigativo con la participación de ayudantes que puedan dar testimonio de la labor realizada con el material de pruebas, si es que hubiese la necesidad de recurrir a ese método para verificar la eficiencia de la metodología empleada en la labor?

—Desde luego que sí, señor fiscal. Trabajaron conjuntamente conmigo el Dr. Laranlencie y mi ayudante, el técnico de laboratorio Gustav Rich. Ellos también participaron en la segunda investigación que realicé sobre este caso —respondió el Dr. Richard Brook.

—Secretario —exclamó el juez—. Haga el favor de tomar nota de los nombres de las personas a las que acaba de hacer referencia el Dr. Brook.

—Sí, señor juez —fue la respuesta del secretario.

—Puede usted proseguir con su exposición, Dr. Brook —dijo el Dr. Rogell dirigiéndose al testigo.

—Gracias, señor juez. La segunda ocasión en que el inspector Fort y yo nos encontramos para tratar algo referente a este caso, fue cuando pasó a recogerme para ir hasta Lombard Street #113, con el fin de buscar unas vasijas que debían contener una pasta raticida. Una vez allí y luego de una minuciosa pesquisa, hallamos tres pequeños contenedores de metal, en los que había una pasta blanquecina, que parecía ser lo que buscábamos. A continuación decidimos realizar una nueva inspección a la vivienda, pensando que era posible que lográramos encontrar algo de interés que pudiese haber pasado inadvertido ante nuestros ojos, en nuestra primera visita. Había transcurrido algo más de una hora de nuestra presencia en el lugar, cuando el inspector Fort me llamó a viva voz. Su exaltación se debía a que la polvera que se encontraba sobre el tocador del dormitorio de Mrs. Mary Gautal, contenía en su interior una ceniza blanquecina.

Me limité a recoger la ceniza sin esperar encontrar en ella revelación alguna. Una vez que arribé al laboratorio me puse a trabajar de inmediato en las muestras recién recolectadas. Analizamos primero la supuesta pasta raticida, y cuál sería la sorpresa al comprobar que en realidad era talco común, en lugar de arsénico; pero aún más asombrados quedamos cuando vimos los resultados del análisis de las cenizas que el inspector Fort hallara en la polvera. Tales cenizas correspondían a pulpa de papel y un producto que no se nos hacía familiar a los utilizados en la confección de cosméticos. Sometimos entonces las cenizas a un procedimiento especial y tras mucho esfuerzo pudimos determinar que se trataba de un derivado del arsénico. Aparentemente quien quemó el sobre con el producto consideró que así eliminaría toda posible huella. Es todo cuanto tengo que informarle, señor fiscal —terminó diciendo el Dr. Richard Brook.

—Muchas gracias por su informe, Dr. Brook —dijo el fiscal. Agregando a continuación mientras se dirigía a su silla—: Su señoría. He terminado con el testigo.

—El testigo queda a disposición de la defensa. Es su turno Dr. Lesser —dijo el juez.

El Dr. Ernest Lesser estaba sumido en sus pensamientos. ¿Qué decir? ¿Qué hacer ante aquel cúmulo de pruebas? ¿Cómo obtener alguna ventaja de las declaraciones de aquel hombre que se sabía tan seguro de sí? ¿Cómo salir de aquel momento tan difícil en que todos miraban hacia él expectantes de sus próximas palabras? ¿Cómo…

—Dr. Lesser. El testigo se halla a su disposición —repitió el juez David Rogell.

El Dr. Ernest Lesser se puso en pie. La voz del juez, llamándole a la realidad, le había hecho salir de su sopor. Miró de hito en hito al Dr. Richard Brook, y dirigiéndose a la máxima autoridad de la sala exclamó.

—La defensa no tiene nada que preguntar al testigo.

CAPÍTULO XIV

El Dr. Carl Pamer temblaba. Si bien la temperatura era fría no menos cierto era también que el tiritar de su cuerpo resultaba algo exagerado. Hasta su voz se estremeció al prestar juramento. Más tembloroso se mostró aún, cuando dirigiendo una mirada de soslayo, hacia el estrado donde se hallaban los miembros del jurado que guardaban entre sí un silencio sepulcral, pudo comprobar que todos los ojos estaban clavados en él. De pronto notó que el fiscal se levantaba de su asiento y se dirigía hacia el estrado. Le temía y con razón, pues según había oído decir sir Ralf Wilcot solía apartarse del caso que atendía, para prácticamente proponer que se iniciara una investigación sobre algún testigo, si a su juicio estimaba que este escondía alguna información valiosa o colegía que sus actividades no eran legales. Pero él no esperaba tener problemas, pues pensaba decir todo cuanto sabía para escapar de aquel embrollo lo antes posible.

El fiscal se detuvo ante él y le saludó. Después lo miró como si se tratara de un animal disecado exhibiéndose en una tienda de taxidermia, y sin más le preguntó.

—Dr. Carl Pamer, ¿reconoce usted a los acusados?

El Dr. Carl Pamer les clavó la vista a ambos.

—Sí. Los he visto con anterioridad —respondió, e inmediatamente pensó—: ¿Cómo podría olvidar a alguien que me hubiese pedido una receta de arsénico, con el fin de preparar una pasta raticida, existiendo tan buenos productos a la venta en el mercado, disponibles para ese fin? Cómo iba a pensar entonces que fueran un par de maniáticos que me acarrearían dificultades en el futuro. Los tomé por personas insatisfechas y avaras; pero ni por un momento me pude imaginar...

De repente, la voz del fiscal interrumpió sus pensamientos:

—Dr. Carl Pamer, ¿escuchó usted mi pregunta?

—¡Oh, sí! ¡Sí! —replicó mecánicamente.

—Pues puede comenzar cuando desee —acentuó el fiscal.

—Verá usted, señor fiscal. Al caballero le vi por primera vez en mi consultorio, cuando fue a solicitarme una receta de algún derivado del arsénico, para preparar una pasta con el fin de exterminar una plaga de ratones que había invadido la casa en que vivía.

—Permítame interrumpirle, Dr. Pamer; pero quisiera saber si es su costumbre expedir con frecuencia recetas de este tipo —inquirió el fiscal.

—No. Nunca había facilitado a alguien una receta de esta índole —respondió el aludido.

—¿Está seguro de ello, Dr. Pamer? —preguntó el fiscal.

—Sí, estoy seguro —respondió el médico.

—¿Cómo puede explicarme entonces que en tres farmacias de su área se haya expedido ese producto recientemente, utilizando recetas amparadas por su firma? —preguntó con ironía el fiscal.

El Dr. Carl Pamer quedó petrificado. Su miedo se materializaba. Sir Ralf Wilcot se había salido ligeramente del caso para pulverizar su credibilidad y ponerlo en aprietos. Sus pensamientos se mostraban confusos y no podía encontrar una salida inmediata, por lo que decidió seguirle el juego al fiscal.

—Verá usted, señor fiscal. Estoy algo nervioso, pues jamás había confrontado esta situación… Y ahora que me esfuerzo en pensar, me parece que usted tiene algo de razón, pues recién recuerdo expedí otras recetas similares a unos amigos que confrontaban el mismo problema. Desde luego, tuve muy buen cuidado de explicarles lo peligroso que era el producto, cómo se utilizaba de acuerdo con la necesidad particular de cada uno de ellos y solamente ordené suministrar la cantidad necesaria para ser empleada en cada ocasión

—respondió el médico.

—Dígame, Dr. Pamer. ¿Hizo usted lo mismo con el acusado?

—Traté de hacerlo; pero él me dijo que sabía perfectamente el modo de emplearlo y en cuales proporciones.

—¿No se le hizo sospechosa tanta seguridad, Dr. Pamer?

—Bueno... yo... este... —balbuceó con torpeza el Dr. Carl Pamer al tiempo que secaba con su pañuelo el sudor que perlaba su frente.

—Veo que va usted entrando en calor, Dr. Pamer. Ya no tiembla como al principio.

—Sí... ¡je, je! —rió nervioso el médico.

—Dígame, Dr. Pamer. ¿Cuándo y dónde vio usted a la dama, por primera vez?

El Dr. Carl Pamer miró a los acusados con deseos de fulminarlos. Luego, dijo al fiscal.

—También en mi consultorio. Unos días después de la visita del caballero.

—¿Cuál fue el motivo que condujo a la acusada a su consultorio, Dr. Pamer?

—Ella deseaba obtener una receta para comprar arsénico —respondió el médico mientras mostraba una sudoración aún más intensa.

—Dígame, Dr. Pamer. ¿Cuál fue su reacción en esta oportunidad?

—Bueno... este... le diré... verá usted...

—¡No se esfuerce en buscar una salida, doctor! ¡Desde luego que le expidió la receta! ¿Por qué no iba a hacerlo si eso representaba buen dinero para su bolsillo? —sentenció el fiscal.

El Dr. Carl Pamer no daba más. Acababa de arribar al clímax de la desesperación. Se sentía acorralado, angustiado. Se aflojó el nudo de la corbata en un vano intento por alcanzar una bocanada de aire fresco que aliviara su paroxismo. Se sentía ahogado, asfixiado, por lo que dirigiéndose al juez le dijo.

—Señor juez, no resisto más. No puedo resistir más. Este hombre me aturde, me desespera, embota mis sentidos. Señor juez, dicho sea esto en otras palabras, me niego a que el fiscal me siga interrogando.

—Lamento decirle, Dr. Pamer, que el fiscal está en pleno derecho de continuar formulándole preguntas y que hasta el momento no ha cometido falta alguna por la cual pueda recriminarle —fue la respuesta del Dr. Rogell.

El Dr. Carl Pamer se dejó caer pesadamente en la silla. Se cubrió el rostro con ambas manos y así estuvo durante varios segundos. Después fue irguiendo la cabeza mientras dejaba caer los brazos en señal de derrota. Cuando su mirada tropezó con la del fiscal le dijo simplemente:

—Continúe.

—Gracias, Dr. Pamer. He concluido con el testigo, señor juez —dijo el fiscal mientras iba camino a su sitio.

El juez había autorizado la intervención del abogado defensor, en la atestación del Dr. Carl Pamer, hacía ya más de un minuto.

El Dr. Carl Pamer, por su parte, se veía algo más calmado. Hasta el pañuelo que usara constantemente durante el tiempo que hubo de enfrentarse a sir Ralf Wilcot, reposaba en el bolsillo de su chaqueta.

El Dr. Ernest Lesser se puso de pie. Observó con detenimiento el rostro de cada uno de los miembros del jurado. Les dirigió una mirada a los periodistas. Clavó los ojos en los acusados, en busca quizá de un gesto orientador que sirviera para obtener algo a su favor de aquel testigo; pero no obtuvo respuesta, por lo que dirigiéndose al juez dijo:

—La defensa no considera necesario tomarle declaración al testigo.

CAPÍTULO XV

El Dr. Ernest Lesser se entregó a la tarea de ordenar la documentación que tenía encima de su mesa, aparentando una serenidad que no poseía en aquellos precisos momentos. Solamente faltaba el matrimonio Donalt por comparecer como testigos y él sabía que sus declaraciones serían determinantes para el resultado del caso. Las intervenciones de ambos podrían ayudarle a cambiar la impresión que reinaba en la sala sobre los acusados o por el contrario, acentuaría aún más la idea sobre la culpabilidad de sus defendidos. El momento cumbre del proceso se presentaba como una avalancha. Jeannie Donalt avanzaba por el pasillo hacia el estrado de los testigos.

—Mrs. Jeannie Donalt, repita conmigo. —La voz de Reynold Rell dominó la sala mientras leía el juramento de rigor.

Una vez la testigo aceptó sus responsabilidades para con la sociedad, el juez le ordenó al fiscal que procediera a tomar declaración a la testigo. Sir Ralf Wilcot fue hacia ella con paso firme. Mrs. Jeannie Donalt parecía hipnotizada. Mientras mantenía fija su mirada sobre los acusados, una lividez enfermiza se apoderó de ella repentinamente. Su boca, de delgados, pero bien formados labios, se mostraba recta, contraída en una mueca atroz. Sir Ralf Wilcot comprendió que la testigo no se hallaba en condiciones de prestar declaración y que necesitaba de su ayuda, motivo por el cual le preguntó: «Mrs. Donalt. ¿Está usted indispuesta? ¿Puedo ayudarle en algo?». Las preguntas se perdieron en el vacío. El silencio que siguió fue profundo, pasmoso. El fiscal repitió las mismas preguntas, pero tampoco recibió respuesta de parte de la testigo. Pensaba ya solicitarle al juez la presencia de un médico para que asistiese a la canadiense, cuando Mrs. Jeannie Donalt se puso de pie. De momento el fiscal tuvo la impresión de que la testigo había decidido no prestar testimonio; pero su duda fue breve. Mrs. Jeannie Donalt señalaba con gesto inculpador hacia el sitio en que se hallaban los acusados. El cuerpo de la mujer comenzó a estremecerse. Sus ojos parecían querer salírsele de sus órbitas. Su boca comenzó a perder rigidez. Respiró profundo y abandonando su lugar avanzó hacia los acusados gritando a viva voz: «¡Asesinos! ¡Asesinos!». El fiscal trató de cortarle el paso; pero le fue imposible. El secretario de la corte y el alguacil de la sala presurosamente se interpusieron en el camino de la testigo, logrando impedir que llegara al sitio en que se encontraban los incriminados. En la sala continuaban escuchándose los gritos: «¡Asesinos!». «¡Asesinos de niños!». «¡Criminales!». «¡Malditos sean!». Mrs. Mary Gautal no pudo dominar por más tiempo sus nervios y rompió a llorar, presa de un ataque de histerismo. La testigo fue prácticamente arrastrada fuera de la sala, mientras continuaba maldiciendo e insultando a los acusados. Una gran confusión dominaba el ambiente. Sir Ralf Wilcot, que volviera a su sitio para facilitarle al juez la labor de restablecer el orden en la sala, escuchó un murmullo que crecía por segundos. Irguió instintivamente la cabeza en busca del origen de aquel nuevo desorden y su mirada se detuvo en la figura de Mrs. Mary Gautal; ella lloraba reclinada sobre el hombro de Mr. Alfred Hayen, mientras con sus manos le rodeaba el cuello. El fiscal se puso de pie y sin pedir permiso para el uso de la palabra, comenzó a vociferar: «¡Mírenlos!». «¡Miren todos!». «¡Comprueben lo que nos faltaba por comprobar!». «¡Decidan por ustedes mismos!».

El Dr. Ernest Lesser se incorporó esgrimiendo una protesta a viva voz: «¡Protesto, señor juez! ¡Protesto...! ¡El fiscal está tratando de sacar partido de un hecho totalmente lógico entre dos seres humanos que se encuentran sometidos a una gran tensión! ¡Protesto!».

El Dr. David Rogell golpeó repetidamente con el mazo mientras llamaba al orden. Los ánimos se calmaron casi por completo, momento este en que el juez aprovechó para decir: «El jurado debe ignorar los hechos recién acontecidos. Se suspende la vista programada para el día de hoy. Continuaremos pasado mañana a las nueve y treinta de la mañana».

CAPÍTULO XVI

Eran aproximadamente las once de la noche y Mary Gautal se hallaba sola en su celda. Ya no lloraba. Había llegado a la conclusión de que todos la consideraban culpable y por lo tanto la enviarían a la horca; pero en sus planes no figuraba ofrecer el espectáculo de que la ajusticiaran públicamente. Lo que hiciese Alfred Hayen escapaba de sus manos, pero en lo que a ella concernía ya había tomado una decisión. Llamó al carcelero que se encontraba leyendo, a la luz de una bombilla, frente a su celda. Este se incorporó lentamente y acudió con paso cansino a la llamada de la prisionera. Cuando estuvo frente a ella le preguntó.

—¿Qué desea usted?

—Una taza de té, por favor. Tengo un terrible dolor de cabeza.

—Iré por ella. Tardaré sólo unos minutos.

—Un favor más, agente. Puede apagar la bombilla durante un tiempo. Su luz me perturba y no puedo dormir.

—No debo hacerlo; pero lo haré cuando regrese. Desde luego, tendré que prenderla nuevamente cuando vea que ya ha conciliado el sueño.

—Se lo agradeceré eternamente, agente. No imagina el bien que me hace.

—Me place servir al prójimo, señora. Regreso en unos minutos con su té.

Mrs. Mary Gautal aguardó, al agente, recostada contra la reja de su celda. Tomó en sus manos el recipiente metálico en que el agente le había traído el té y sin cambiar su postura bebió un largo sorbo del oscuro líquido. Se quedó en el sitio observando al agente apagar la bombilla de luz incandescente que estaba frente a su celda y cambiar su silla hasta el final del pasillo para continuar con su lectura. Cuando estuvo totalmente convencida de que ya no estaba bajo el campo visual de su carcelero, se precipitó hacia su camastro y sacó de debajo de la colchoneta tres largas tiras que había rasgado de su forro en el transcurso de tiempo en que el carcelero había ido por el té. Probó la fortaleza de cada una de ellas y se dio a la tarea de trenzarlas para que ganaran resistencia. Una vez finalizada la labor se dirigió sigilosamente hacia el fondo de la celda. Hizo un lazo corredizo en uno de los extremos de la trenza y ató el otro extremo al eslabón superior de la cadena que sujetaba a la pared la tabla que le servía de camastro, el cual estaba a unos cuatro pies de altura. Luego se arrodilló en el camastro, con la espalda pegada a la pared, metió su cabeza por el ojal del lazo, lo ajustó a su cuello y se dejó caer pesadamente al piso de la celda.

CAPÍTULO XVII

El Dr. David Rogell, apenas concluyó su exposición de los nuevos acontecimientos referentes al caso, solicitó la presencia de la testigo Mrs. Jeannie Donalt.

La canadiense denotaba, en esta ocasión, una marcada diferencia con su anterior asistencia ante el tribunal. Estaba calmada y su mirada era suave y serena; aunque la mayor parte del tiempo permanecía abatida y ensimismada. Notó la presencia del fiscal frente a ella. Lo miró de soslayo, apenas sin levantar la cabeza, y le dijo en voz baja: «Puede comenzar cuando usted lo estime conveniente».

Sir Ralf Wilcot observó largamente a la testigo, sin pronunciar palabras. Intentaba escrutar los pensamientos que dominaban a aquella mujer luego de ser informada del suicidio de Mrs. Mary Gautal. La mujer se mantenía esquiva, cabizbaja, procurando ocultar el rostro y la mirada.

—Mrs. Donalt —comenzó diciendo el fiscal—. No veo la razón por la cual deba sentirse usted apenada ante la muerte de Mrs. Mary Gautal. Los motivos que indujeron al suicidio a la acusada, en momento alguno pueden relacionarse directamente con su intervención, en días pasados, en esta misma sala. Fue su propia conciencia la que no la dejó vivir en paz.

—¡Protesto!, Sr. juez —interrumpió el Dr. Ernest Lesser—. El fiscal se expresa sobre la difunta acusada de tal forma que establece su indiscutible culpabilidad en relación con los hechos y esto puede influenciar en el futuro fallo del jurado sobre mi otro defendido.

—Ha lugar la protesta. Le solicito a la fiscalía se limite a trabajar sobre hechos comprobados y elementos con bases sólidas que no tiendan a confundir al jurado —dijo el juez.

—Disculpe, señor juez, no volverá a ocurrir.

Reinó el silencio. El fiscal se viró de frente hacia la testigo, y le dijo:

—Mrs. Donalt, tendría usted la bondad de informarnos cuanto usted considere importante, para el esclarecimiento de este crimen.

Mrs. Jeannie Donalt comenzó su relato. El jurado estaba absorto en su declaración. Cada gesto de su rostro era observado, cada palabra que salía de sus labios era escuchada atentamente. Breves lapsos de silencio se sucedían, cuando hacía referencia a la pequeña Annie. Sin embargo, su rudeza era manifiesta al relatar cualquier pasaje en el que intervinieran los acusados. Fue aún más dura al referirse al tiempo que estuvo hospitalizada y a las consecuencias emocionales que le afectaban luego de los hechos. De repente se detuvo y se sumergió en un profundo silencio. El fiscal se percató de la perturbación emocional que embargaba a la testigo, y no queriendo perder la magia del instante le preguntó de inmediato.

—Mrs. Donalt. Según su criterio, ¿cuál era el tipo de relaciones que mantenían los acusados entre sí?

La testigo volvió en sí, impactada por la pregunta. Se irguió en toda su estatura y dijo: «Los recientes acontecimientos hablan por sí solos, Sr. Fiscal».

—Muchas gracias, Mrs. Donalt —dijo el fiscal a la testigo. Luego, volviéndose al juez, agregó—: He concluido con la testigo, señor juez.

—La defensa puede tomar declaraciones a la testigo —dijo el juez David Rogell.

El Dr. Ernest Lesser encaminó sus pasos hacia donde estaba la testigo, se situó frente a ella, pero mirando directamente hacia el jurado. Cuando se percató que tenía la atención de todos, le preguntó:

—Mrs. Donalt, antes de la conmoción nerviosa que sufriera en días pasados la hoy difunta Mrs. Mary Gautal y que quizá pudo originar una idea errónea en cuanto a las relaciones que existían entre ella y Mr. Alfred Hayen, ¿tuvo usted oportunidad de escuchar, observar o percatarse de algún hecho concreto que pudiese servirle como base, para asegurarnos que ambos sostenían relaciones íntimas?

Un silencio pasmoso se produjo en la sala. La testigo se había quedado meditabunda, sumida en profundos pensamientos. De pronto, la voz del abogado defensor se escuchó nuevamente, repitiendo la pregunta. Mrs. Jeannie Donalt reaccionó y al fin dijo.

—Hechos concretos ninguno, pero…

—Quedamos pues, que esa fue la primera vez que usted vio a la difunta Mrs. Mary Gautal abrazar a mi defendido.

—Sí, señor.

—Mrs. Donalt. ¿Cómo podría usted catalogar sus relaciones con su casera?

—Eran muy buenas.

—¿Existió en alguna ocasión animosidad entre ustedes?

—No, nunca.

—Mrs. Donalt. ¿Considera usted que mi defendido es un hombre osado?

—Eso he oído decir.

—Mrs. Donalt. ¿Existe la posibilidad de que mi defendido se haya propasado en algún momento con usted?

Mrs. Jeannie Donalt enrojeció. Comprendió la insinuación del abogado defensor y hacia dónde quería conducir sus declaraciones. Le enfrentó con una mirada que reflejaba su cólera y le dijo.

—Sepa usted, caballero, que soy muy feliz con mi esposo. Que jamás he sentido afinidad alguna hacia ese repugnante sujeto y que si me encuentro aquí es tan solo porque considero que el asesinato de una niña inocente no puede quedar impune.

Un murmullo dominó la sala. El abogado defensor dio unos pasos ante el estrado y señalando hacia el acusado preguntó a la testigo:

—Mrs. Donalt. Suponiendo que mi defendido fuese sentenciado a muerte, ¿sería usted capaz de fungir como su verdugo y ejecutar la sentencia?

—Si fuese necesario lo haría —contestó la canadiense.

—Por mi parte he concluido, señor juez. La animosidad de esta señora hacia mi defendido obstaculiza el surgimiento de la verdad y pone en peligro la claridad de este proceso, por lo tanto, como abogado de la defensa, solicito se desestime el testimonio de la testigo.

CAPÍTULO XVIII

Mr. Paul Donalt era el que cerraba la lista de testigos. Sir Ralf Wilcot tenía su plan trazado, dejaría al canadiense hacer una amplia exposición de los hechos para luego formularle preguntas exactas, con el fin de obtener respuestas encaminadas a influenciar directamente sobre el ánimo de los integrantes del jurado. El fiscal se acercó al estrado destinado a los testigos, saludó al canadiense y sin más preámbulo, le dijo.

—Mr. Donalt, podría usted referirnos cuanto hecho o dato usted conozca y considere importante, a su criterio, para la aclaración de este crimen.

Paul Donalt fue amplio y explícito. Comenzó haciendo una larga y detallada exposición de la vida diaria en la casa de huéspedes y sólo se detuvo cuando se refirió al momento en que Mrs. Mary Gautal le solicitara que fuera en busca de ayuda, luego de los sucesos acaecidos aquella noche. El fiscal comprendió la importancia del momento para formular una pregunta, y apoyando su mano derecha sobre la barandilla del breve estrado de los testigos, le preguntó al canadiense.

—Mr. Donalt, ¿ha considerado usted, en algún momento, que pudo haber existido una segunda intención en esa solicitud?

—Luego de que supe la causa de la muerte de Annie y de la señora Luisa, he pensado que tal vez me enviaron en busca de auxilio para que yo no fuese obstáculo en la destrucción de alguna evidencia.

El silencio volvió a reinar en la sala. El testigo había enmudecido y sumido su cuerpo en una posición defensiva. Se le notaba conmocionado, profundamente afectado por la rememoración de los hechos. De pronto se irguió para continuar diciendo.

—Sólo me resta agregar que cuando regresé a la casa encontré a todos tirados en el suelo, vomitando y sufriendo de terribles convulsiones.

El testigo enmudeció nuevamente. Sumió la cara entre sus manos y se mantuvo profundamente callado. Un murmullo se extendió por la sala.

—Mr. Donalt. Le pido que en adelante haga un esfuerzo y controle sus emociones. Las expresiones individuales de sentimiento pueden afectar la percepción de los hechos, que puedan tener los miembros del jurado a través de su testimonio —pidió el Dr. David Rogell, en tono solidario; pero severo a la vez. Agregando luego de corta pausa—: Pido a los miembros del jurado que desestimen toda expresión emocional que hayan percibido durante la declaración del testigo y que se atengan solamente a los hechos.

Sir Ralf Wilcot comprendió que el jurado se encontraba afectado psicológicamente, por ello le formuló una nueva pregunta al testigo.

—Mr. Donalt. Se ha preguntado usted cuál podría haber sido el móvil de este horrendo crimen.

—¿El móvil, dice usted? —preguntó el testigo.

—Sí. El móvil que condujo a los hechos.

—El egoísmo y la traición, señor fiscal —respondió el testigo.

—Puede usted ser más específico al respecto, por favor —dijo sir Ralf Wilcot.

—Pues bien, le complaceré. El egoísmo fue por parte de Mr. Mary Gautal, al querer para sí a un hombre que no le pertenecía. La traición corresponde a Mr. Alfred Hayen. Primeramente, traicionó la confianza que depositara en él su esposa, al entregarle la administración de todos sus bienes, los cuales despilfarró sin consideración alguna. En segundo lugar, traicionó nuevamente a su esposa con el fin de encontrar un aliado que le ayudara a llevar adelante sus planes —respondió el testigo.

—Mr. Donalt, pudiera usted explicarnos cómo considera que fue la participación de ambos en el crimen —preguntó el fiscal.

—¡Protesto, señor juez! ¡Protesto! —gritó airadamente Mr. Ernest Lesser mientras se levantaba de su asiento con gesto desafiante—. La fiscalía vaga nuevamente por senderos de suposiciones y apreciaciones personales, que pueden confundir a los miembros del jurado.

—¡No ha lugar la protesta, Dr. Lesser! Si bien la fiscalía se aparta de los hechos, considero que lo hace en busca de aclarar conceptos y de obtener información de primera mano, de un testigo de excepción que convivía con las víctimas y con los acusados —expresó el Dr. David Rogell.

Un murmullo aprobatorio a las palabras del juez viajó por toda la sala, el cual sólo cesó cuando el juez llamó al orden e indicó a Mr. Paul Donalt que diese respuesta a la pregunta que le formulara el fiscal.

—Es mi criterio que Mrs. Mary Gautal fue la mano ejecutora del plan, por tener acceso directo a los alimentos que consumíamos todos los que vivíamos en su casa de huéspedes. En cuanto a Alfred Hayen, estoy seguro de que fue él quien ideó, organizó y dirigió el plan en su totalidad —respondió el canadiense.

—Mr. Donalt —interrumpió el fiscal—. Aún existe una duda en relación con una parte importantísima del crimen, que si bien nadie todavía ha traído a colación, he notado que ha sido motivo de intranquilidad entre los miembros del jurado, en cada ocasión que se ronda, por lo que desearía que si le es posible, nos aclarara de dónde considera usted que el acusado haya podido obtener los conocimientos necesarios, para intentar la realización de un crimen tan técnicamente complicado y tan peligroso de ejecutar, aún para los conocedores de las ciencias médica y farmacéutica.

Un murmullo de aprobación recorrió la sala. El Dr. Ernest Lesser comprendió que en aquel preciso momento se decidía la suerte de su defendido. ¿Cómo no se le había ocurrido a él formular aquella pregunta anteriormente?, se preguntó. ¿Cuál era el juego que jugaba el fiscal en esta ocasión? ¿Cuál era su nueva estrategia? ¿Qué conocía el fiscal que él ignoraba?

Paul Donalt sonrió. Enfocó su mirada hacia el sitio donde estaba el acusado y dijo a continuación.

—Confío en que todos sepan que antes que Mrs. Mary Gautal ocupara el inmueble ubicado en Lombard Street #113, había sido una droguería.. Al trasladarse hacia otra localización, dejaron olvidados tras sí varios objetos, libros y manuales. Entre esos manuales había un tratado de farmacología, el cual fue a dar a manos de Mrs. Gautal. Sin embargo, este tratado llegó a ser propiedad exclusiva de Mr. Alfred Hayen. Tan interesado estaba en que nadie hiciese uso del libro, que tenía el trabajo de guardarlo todas las noches en su habitación, en lugar de dejarlo encima de la mesita en que estaba la radio, que era el sitio en que él se sentaba a leer.

—Con su permiso, Mr. Donalt —le interrumpió el fiscal—. ¿Recuerda usted si Mr. Alfred Hayen releía algunas páginas del libro en particular?

—Aunque me sea embarazoso decirlo, señor fiscal, tuve la poca educación de observarlo cuidadosamente, con el fin de conocer las páginas que releía a diario, por si en algún momento me era factible tener en mis manos aquella obra, saber cuál era el tema que le mantenía absorto en sus lecturas. Así que puedo asegurarle, sin albergar duda alguna, que el tema recurrente de interés para Alfred Hayen, en ese libro, se halla desarrollado entre las páginas 235 a la 248 —afirmó el testigo.

Cuando sir Ralf Wilcot escuchó la certeza con que hablaba el canadiense, se dirigió a su mesa, alzó un sobre y extrajo de él un voluminoso libro. Regresó a donde se hallaba el testigo y mostrándole el libro le preguntó.

—Mr. Donalt. ¿Será este el libro al cual usted se refiere?

—Ese es, en efecto —afirmó el testigo, mostrando un gran asombro en su rostro.

—¿No le queda a usted duda alguna? Revíselo por favor, Mr. Donalt —le pidió el fiscal mientras alargaba el pesado volumen al testigo, con el fin de corroborar si se trataba del mismo que el canadiense había visto en ocasiones anteriores en la casa de huéspedes.

—Estoy totalmente seguro, señor fiscal. Sin duda alguna se trata del mismo ejemplar que leía Mr. Alfred Hayen a diario —afirmó el testigo.

Sir Ralf Wilcot fue hacia donde estaba el juez y extendiéndole el voluminoso libro, le dijo.

—Supe de la existencia de este concienzudo estudio sobre el empleo de los tóxicos, en una visita que efectué al lugar de los hechos. Lo tomé y lo traje para presentarlo como prueba alternativa. Si no lo hice anteriormente fue en espera del momento adecuado para ello y considero que no exista mejor momento que este. Además, llevé este manual de farmacología al departamento de dactiloscopia y..., permítame entregarle el informe emitido por los peritos, señor juez —dijo el fiscal mientras alargaba a este un sobre cerrado, para luego continuar diciendo:

—Las huellas digitales que mejor se observan en el manual, por la buena definición que tienen, concuerdan con las del exsoldado Alfred Hayen. Una buena parte de estas huellas se encuentran en las marcas realizadas en las esquinas superiores de las hojas del libro, comprendidas entre las páginas 235 a la 248, por lo que se llegó a la conclusión que fueron las páginas más consultadas por Mr. Hayen. Coincidiendo así el informe con las declaraciones del testigo. Asimismo —continuó—: quiero hacer notar que la temática de las páginas antes referidas se enfoca única y exclusivamente en el uso regulado de la estricnina y el arsénico. Como estimulante, el primero y como eficaz medicamento en el tratamiento de la Astenia y otras enfermedades, el segundo. Explicando, además, las fórmulas y modo de administración de dichas sustancias. Creo, con esto, haberlo dicho todo. Por mi parte he concluido con el testigo, señor juez.

El Dr. Ernest Lesser se hallaba ante el testigo. Sabía que de no ocurrir un milagro su defendido sería declarado culpable. Podía impugnar la presentación del libro en calidad de prueba, por parte de la fiscalía; pero su validez era aplastante. Tenía la certeza de que el caso estaba perdido. Así como sabía que el testigo que tenía frente a él mostraba con vehemencia su deseo de colaborar con sus testimonios en la ejecución del acusado, motivo por el que debía limitar sus preguntas y buscar la contradicción en las respuestas de este.

—Mr. Donalt —dijo al fin el abogado defensor—. ¿Podría decirme cuál es el motivo de su odio manifiesto hacia el acusado?

Sin detenerse a pensar ni por un segundo, el canadiense le respondió.

—Asesinó a uno de los seres que más he querido en mi vida. ¿No cree usted que ese sea motivo suficiente?

—Señor juez. Integrantes del jurado —dijo el Dr. Ernest Lesser en tono pausado—. Como ustedes habrán podido apreciar, el testigo no es imparcial. Por lo tanto, doy por terminada mi toma de declaraciones por considerarla inútil a la causa de la justicia, dados los mezquinos sentimientos de venganza que alberga este señor, hacia mi defendido.

CAPÍTULO XIX

—No crean que siento temor ante la decisión que respecto a mi persona puedan tomar —fueron las primeras palabras que brotaron de los labios de Mr. Alfred Hayen, cuando el juez autorizó su intervención, luego de que él se negara a declarar ante la fiscalía y la defensa.

»Suceda lo que suceda —continuó—: estoy dispuesto a tomarlo con tranquilidad y aplomo. Bien sé que las pruebas se muestran abrumadoramente en mi contra, que incluso hasta la fuente de sabiduría, de la cual hubiera podido valerse cualquiera, para adquirir los conocimientos necesarios con el fin de efectuar tan complicado crimen, estaba en mi poder. Todo eso lo comprendo, como comprendo también que nada bueno puedo esperar de ustedes. Si para purgar un delito que no he cometido se me encerrara en una cárcel, desde allí lucharé por encontrar al verdadero responsable de este crimen. Si por el contrario soy sentenciado a muerte, trataré de disfrutar al máximo cada minuto de vida, sabiendo que serán los últimos. No crean que poseo esta filosofía desde hace tiempo. No es así. Este modo de pensar data solamente de unos días y brotó en mí y se hizo fuerte ante el hecho de saberme acusado y juzgado por un delito que no he cometido, siéndome del todo imposible probar mi inocencia. Para colmo de males, el encargado de representar al ministerio público es sir Ralf Wilcot, un hombre capaz de hacer ver lo que es rojo de color negro, sin que nadie pueda ponerle objeción alguna. Desde luego, yo lo comprendo, puesto que para él es más importante ganar un caso complicado, que haga crecer aún más su ya enorme prestigio, que la existencia de un ser inocente sobre la faz de la tierra. Sin embargo, yo no guardo rencores. Lo que sí lamento es no saber quién fue el asesino, ni quién planeó esta patraña contra la pobre Mary Gautal, que tan triste fin tuvo, y contra mi persona. Quisiera saberlo para felicitarlo por lo concienzudo, eficiente y bien organizado de su labor. Es todo cuanto tengo que decir, señor juez».

CAPÍTULO XX

Sir Ralf Wilcot había recibido la orden de presentar sus conclusiones ante el tribunal. Su esbelta figura se destacaba aún más por el preciso corte de su traje gris oscuro. Caminó despacio hacia el medio del estrado. Repasó con su mirada a todos los asistentes de la sala, y dirigiéndose con paso lento hacia el sitio en que se hallaban los miembros del jurado comenzó a hablar con voz pausada.

—Señor juez, Dr. David Rogell. Honorables miembros del jurado. Estimado colega Dr. Ernest Lesser, que tan brillantemente ha llevado la defensa de este caso. Miembros de la prensa. Damas y caballeros que colman la sala. Juntos estamos recorriendo el escabroso sendero que nos ha de llevar a la solución de este caso, que ha tenido una particularidad en su investigación, y es que todas las pruebas relevantes que han llegado a nosotros han sido resueltas gracias a la ciencia y la técnica criminalísticas.

Los hombres de los laboratorios y los reactivos químicos han sido los verdaderos peritos, en esta ocasión. Esto, de por sí, me ha hecho abandonar el tradicional sistema de conducirme ante una corte, obligándome a trabajar más con el raciocinio de ustedes, que con las escasas pruebas existentes. Claro está que, al referirme a la escasez de pruebas, lo he hecho en lo concerniente a las pruebas materiales, las cuales siempre han sido lo tradicional, por su facilidad de acopio, utilización y comprensión, en los momentos en que se analiza un caso. Han sido muchas las causas en que he actuado como fiscal —enfatizó—, y siempre he tropezado con criminales de toda laya, desde sádicos hasta enfermos mentales. No han faltado los que cometieron un acto criminal en un momento de total desesperación, los que hasta esos precisos momentos habían sido personas de una moralidad intachable. Para comprendernos mejor les haré un repaso de la conducta de algunos tipos de criminales. Comencemos por el sádico:

»Por lo regular es un individuo que sufre de una enfermedad o desequilibrio que lo inclina, con desenfreno, hacia los placeres de la carne. Este tipo de criminal casi siempre comete sus fechorías en personas del sexo opuesto, bien sea por despecho o simplemente por placer. Por lo general se capturan con rapidez y los que logran burlar la justicia, no causan más de siete muertos antes de ser capturados. Desde luego, han existido criminales con este perfil, que han ocasionado mayores daños.

»Otro caso específico lo es quien padece de una enfermedad mental que le obliga a matar para satisfacer sus instintos criminales. Este tipo de criminal no tiene distinción de sexo, ni motivos aparentes, en la mayoría de las ocasiones. En cuanto al daño que pueden ocasionar a la humanidad, hasta tanto se les capture, es parecido al anterior.

»Existen asesinos que han cometido crímenes por múltiples razones; sin embargo, el asesino que más abunda es aquel que en un momento de ofuscación no logra controlar sus impulsos y haciendo caso omiso de la sociedad y sus leyes, realiza el acto criminal. Quisiera hacer hincapié que este tipo de asesino se siente arrepentido de su acción en el noventa por ciento de los casos.

»Lo que quiero hacerles notar es que el acto de cometer un crimen, en su mayoría es debido a un estado de perturbación mental crónico o transitorio del criminal. Lo que nos dice que si el noventa por ciento de las personas, que se encuentran en perfecto estado de salud mental, se hubiesen detenido a pensar por unos minutos, antes de tomar un arma con fines homicidas, no hubiesen ejecutado la acción.

»Volviendo al caso que aquí nos reúne quiero informarles que a los acusados se les realizaron pruebas encaminadas a conocer su estado de salud mental. Estos exámenes arrojaron que ambos gozaban de una salud mental excelente y que estaban en dominio de todas sus facultades mentales; por tanto, se comprobó que no tenían el menor síntoma de trauma psíquico, alienación sexual o psicopatía criminal.

»Quiero asimismo aclarar, que el suicidio de la acusada Mrs. Mary Gautal ha sido considerado por muchos como su única puerta de escape al castigo de la ley. De lo cual se desprende que ella estaba segura de su culpabilidad y sin la probabilidad de salvación alguna».

—¡Protesto, señor juez! ¡Protesto! —exclamó el Dr. Ernest Lesser de forma airada—. El fiscal está empleando consideraciones personales de unas pocas personas y de muy poco valor jurídico, con el deliberado fin de influenciar en la decisión del jurado y en esta ocasión no puede argumentarse que ha sido una hipótesis formulada por la ciencia. Al contrario, la han expuesto periodistas que especulan con la verdad de los hechos, además de personas comunes, las cuales se basan en sus propias deducciones.

—Ha lugar la protesta. Este tribunal le solicita a la fiscalía que no se aparte de los hechos comprobados y de las pruebas ya establecidas durante el proceso —sentenció el juez.

Sir Ralf Wilcot sonrió satisfecho. Había logrado, con aquella amonestación, que los miembros del jurado no pasaran por alto los motivos que habían conducido a Mrs. Mary Gautal al suicidio. Se ajustó el nudo del corbatín y volvió a la carga.

—Si este hubiese sido un crimen cometido de cualquier otra manera, no tendría tanta importancia con respecto a la seguridad de la sociedad. Piensen ustedes en la sangre fría de un hombre que realiza un crimen, el cual ejecuta siguiendo un metódico plan durante un período de tiempo que oscila entre cinco y diez días. O sea, aquí no podemos considerar que existió un momento de ofuscación, que le condujera a realizar los hechos. El tiempo le sobró para arrepentirse de lo que iba a hacer, sin embargo, a la postre sobrecargó la dosis para no fallar. ¡Ustedes no se han detenido a pensar, respetables miembros del jurado, el daño que puede causarle a la humanidad una persona que con esos instintos criminales posea la sabiduría necesaria para la utilización y manejo de sustancias tóxicas! —preguntó el fiscal—. Pues bien —dijo contestándose—, tal persona puede lo mismo envenenar una población completa, como atentar contra la vida de todos los ciudadanos de la nación, si es que se le presentara la oportunidad y pudiese sacar provecho de ello. ¡He aquí la peligrosidad de Alfred Hayen! Por último, quiero aclarar que, a mí, tanto fama como posición económica y social, me son indiferentes, para mí el honor está, ante todo. Jamás he inculpado a alguien sin estar totalmente seguro de que es culpable del delito por el cual se le procesa. Considero, además, que la vida de un hombre honrado es de valor incalculable para este mundo y que debe conservarse sobre todas las cosas. Para que no existan dudas sobre mi pensamiento acerca de este particular, quisiera recordarles que al comenzar mi carrera como fiscal juré por mi honor y mi linaje, que pagaría con mi propia vida la sangre inocente que por mi culpa se vertiese. Es por ello y basado en todo lo expuesto a lo largo del proceso, que pido caiga sobre el acusado Mr. Alfred Hayen todo el peso de la ley, y que se le aplique la máxima pena establecida para estos casos: ¡La pena de muerte!

CAPÍTULO XXI

La expectación que dejó tras de sí, la exposición del fiscal, había sido el preludio de la intervención final del abogado de la defensa Dr. Ernest Lesser. El jurado escuchaba atento sus palabras, que venían cargadas de un aire filosófico.

—Aquel que condene a una persona sin tener la certeza absoluta de su culpabilidad, estará realizando una acción inmoral e inhumana. Cuántos y cuántos errores han sido cometidos a través de los años, por no dedicar más tiempo a la investigación de sus casos. Cuántos y cuántos inocentes han sido condenados injustamente a penas que jamás merecieron, por delitos no cometidos, simplemente porque el jurado que los encontró culpables no tuvo el valor de aceptar su incompetencia, al momento de emitir el veredicto. ¿Por qué seguir incurriendo en errores que pueden causar la muerte física o moral de un inocente? En ocasiones actuamos con crueldad sin siquiera proponérnoslo. A veces no sabemos imponernos a nuestros temores y nos reservamos opiniones que, si hiciéramos públicas, tal vez pudiesen ayudar a recomenzar el análisis de un caso, lo cual podría demostrar la inocencia de un acusado; encontrar algún atenuante a la sentencia o dejarnos seguros de su culpabilidad. Una persona honesta y cívica no debe permitirse jamás, el cargo de conciencia que genera la duda. Este caso se inició con dos acusados. A Mrs. Mary Gautal le colapsaron sus nervios, debido a los momentos de tensión vividos en esta sala. Si ella hubiese conservado el equilibrio emocional, no hubiese tomado tan drástica decisión. Su muerte física, es irreparable; mas no su muerte moral. De ustedes depende reivindicar su nombre. Si el acusado Mr. Alfred Hayen llegara a ser considerado culpable de los hechos, culpable también aparecería Mrs. Mary Gautal. ¡Aún están a tiempo de no condenar a un ser humano, al que sólo culpan las apariencias! ¡Aún pueden salvar a ambos de la ignominia! ¡Que Dios les ilumine en la deliberación y les permita dar un fallo justo!

CAPÍTULO XXII

Los integrantes del jurado se hallaban sentados alrededor de la mesa rectangular que se alzaba en medio del recinto. Un refrigerio había sido servido a cada uno de ellos. El presidente del jurado, el Dr. George Levin, sabía que los demás sólo esperaban que él tomara asiento para comenzar; pero antes de sentarse, a la cabecera de la mesa, decidió decir unas palabras.

—Miembros del jurado. El momento cumbre de este proceso ha llegado para todos los relacionados con este caso. De más estaría recordarles lo que se espera de nosotros, pues el señor juez recién nos lo ha recordado; pero me agradaría que cada uno de ustedes lo mantuviese en sus mentes durante el tiempo que estemos deliberando. Como todos habrán podido observar, se nos ha servido un refrigerio en este lugar, algo que considero no sea usual en todo proceso judicial; pero que imagino se ha hecho con el fin de aislarnos de toda posible influencia que pudiésemos recibir, con referencia a este caso, en cualquier otro sitio. Al principio consideré proponerles que fuéramos exponiendo nuestros puntos de vista mientras almorzábamos; pero ahora les sugiero disponer de veinte minutos para almorzar y que durante ese tiempo estudiemos y meditemos individualmente sobre el caso. Finalizado ese tiempo le preguntaré a cada uno de ustedes su opinión. Si coincidimos todos en el mismo veredicto, lo comunicaremos de inmediato a los que por nosotros esperan; pero si existiesen divergencias de criterio, estaremos reunidos aquí, hasta que uno sólo se imponga. Si todos están de acuerdo con mi planteamiento, les ruego que comiencen a almorzar.

****

El silencio era total. El presidente del jurado y dentista de profesión, Dr. George Levin, no dejaba de pensar, desde los albores del caso, en el futuro de sus jóvenes hijas; desde que eran pequeñas, siempre había atenazado su mente la idea de que alguien quisiese sacar provecho de ellas; pero sabía perfectamente que nada podría hacer al respecto. El caso en que ahora se veía envuelto agigantaba sus preocupaciones. En ocasiones hasta había llegado a pensar que era una premonición, una llamada de alerta que le hacían con el objetivo de que se mantuviese vigilante ante el futuro. En cuanto a la culpabilidad de Mr. Alfred Hayen, para él era más que manifiesta. No existía duda posible, todas las pruebas apuntaban en su contra. Su veredicto sería: ¡Culpable!

****

Formar parte de un jurado que se encargaba de juzgar a un asesinato por envenenamiento con arsénico, representaba para un médico retirado prácticamente una aventura. El Dr. Robert Lamart había sido ejemplo de abnegación, profesionalismo y dedicación durante toda su carrera. Había dedicado su vida a aliviar el sufrimiento de su prójimo, por ello no comprendía los sentimientos que, a su juicio, habían impulsado a aquellas personas a cometer semejante crimen. Según su criterio, los asesinos no habían tenido reparos en someterse y someter a otros a penurias e inmensos peligros, con tal de enmascarar su crimen. Recapitulaba en silencio, una y otra vez, los informes presentados a la corte, en relación con el caso. Sin duda alguna la ayuda de la ciencia médica había resultado decisiva durante el proceso, pensó; mientras un sentimiento de orgullo recorría su cuerpo. Dio una pequeña mordida a su bocadillo y dijo para sí sentenciosamente: ¡Culpable!

****

Para Miss Heddy Hill, soltera y copropietaria de una florería, la situación estaba más que clara. Para ella el acusado había arrancado la vida a su mujer y a su hijastra, interfiriendo en el destino de la familia. Independientemente que odiaba a los hombres que solían abusar de las mujeres, para ella las pruebas presentadas en contra de los acusados eran contundentes y definitorias. El suicidio de Mrs. Mary Gautal lo había dejado claro. No esperaba que ninguno de los miembros del jurado estuviese inclinado a defender a Mr. Alfred Hayen; pero si alguien quisiera ponerse de parte del acusado, ella estaba dispuesta a enfrentarlo hasta convencerle que en realidad eran tres y no dos las víctimas de aquel villano. Se secó delicadamente los labios con la servilleta, alejó el servicio de enfrente a ella y se recostó al respaldo de la silla aguardando el momento en que se le pidiese su veredicto, para responder: ¡Culpable!

****

Como enfermero Mr. Norman Birman ha sentido siempre el más profundo respeto en cuanto al derecho a la vida. Sus veinticinco años de carrera le han convencido de que el don más preciado que tiene un ser humano es su existencia. Esa es quizá la causa que más le haya motivado, cuando fue elegido para formar parte del jurado. Mordió el bocadillo mecánicamente. Sus ojos fijos en las florecillas que adornaban el borde el plato delataban que su mente se hallaba distante. El recuento del caso acaparaba su atención. Terminado el último bocado extrajo un cigarrillo de la pitillera que portaba en el bolsillo interior de su chaqueta. Percutió uno de sus extremos en la tapa del objeto. Llevó el cigarrillo a sus labios, lo prendió, le dio una larga chupada y dejó escapar el humo lentamente. Ya no tenía dudas, se dijo. Lo gritaban las pruebas, los testigos y sobre todo la tenencia del Manual de Farmacología, pensó para sí. Aunque comprendía que Mr. Alfred Hayen era un peligroso criminal, no podía menos que admirar a quien tuvo la inteligencia, la osadía y la destreza de idear, preparar y ejecutar semejante crimen, con el objetivo de no dejar huellas. Es un genio, dijo para sí, pero un genio del mal. Mi veredicto será: ¡Culpable!

****

Aún no se explicaba Mr. Richard Baxter la razón por la cual él había tenido que salir de su encierro. No podía comprender por qué tuvo que exhibir su cara quemada y su mano mutilada en público. La explosión registrada durante la desactivación de una bomba le había marcado para toda la vida. Malditos soldados, se dijo. Todo aquello para él estaba de más. El proceso judicial había aportado las suficientes pruebas y datos para estar veinte minutos más tratando de llegar a una conclusión;

además, no estaba dispuesto a mostrar a nadie las horribles muecas que hacía al mascar. Echó una mirada al reloj que colgaba en la pared, como tratando de apresurar el andar de sus manecillas, mientras en su mente solo una palabra se repetía: ¡Culpable! ¡Culpable!

****

A Mr. Peter Marshel la designación para servir a la justicia británica le representaba prestigio entre sus compañeros de taller y entre sus familiares. Ahora vestía diariamente de chaqueta y se reunía con personas a las que sus amigos etiquetarían de importantes. Consideraba que Mr. Alfred Hayen era un buen hombre víctima de las circunstancias; pero su intuición le decía que nadie más compartía su opinión en aquel lugar y que no debía de ponerse en contra de ellos, por lo que decidió que mantendría su silencio hasta que le tocara su turno para decir: ¡Culpable!

****

La secretaria ejecutiva Mrs. Betty O'Brien comía lentamente, como aquel que no tiene nada en que pensar ni nada de que preocuparse. En su fuero interno ella consideraba que había realizado su labor durante el proceso y para ello se había apoyado en los conocimientos sobre sicología, que aprendiera de sus lecturas dominicales. Según su criterio, el temor y el desconcierto dominaron el rostro de Mr. Alfred Hayen durante todo el juicio y estos sentimientos eran propios de quien siente temor ante la culpa por un delito cometido. Ella consideraba, además, que si el propio acusado había manifestado que iba a ser declarado culpable era porque su culpabilidad era evidente ya que eran irrefutables las pruebas de laboratorio, las declaraciones de los testigos, la posesión del tratado de farmacología y su relación amorosa con la casera. Finalizó de almorzar y decidió asumir una posición erecta en su silla, tal como lo hacía en la oficina, hasta que le preguntasen su veredicto, momento en el cual diría simplemente: ¡Culpable!

****

La maestra Mrs. Ann Francy mostraba inquietud. Quizá la falta de contacto con sus hijos y sus alumnos le robaba la paz. Desde que comenzara el proceso su salud no andaba bien. Fuertes dolores de cabeza le atormentaban en cuanto el nombre de la pequeña Annie era mencionado en la sala. Para ella los niños representaban la esencia de la vida, la virtud, la pureza, la imagen inequívoca de la sublimidad y el amor que debía reinar sobre la tierra. Por ello no encontraba la razón por la cual Annie había sido asesinada. Cada vez que su pensamiento iba adonde sus hijos o sus alumnos, le parecía imposible que se pudiese atentar contra la vida de un ser indefenso. Cuando recordaba sus risas volando por los pasillos, traspasando muros, llenando espacios, despejando tristezas, más se aseguraba que solamente un cobarde podría segar la vida de un niño. «Alfred Hayen es culpable, todo lo indica así», se dijo. «Ha sido demostrado durante el juicio», convino para sí. «Cuando me pregunten mi veredicto diré secamente: ¡Culpable!».

****

Viuda, pensionada y sin descendencia familiar, Mrs. Mary Bence había volcado todo su amor hacia sus seis gatos. Al principio ella tuvo la impresión de que los acusados eran inocentes; pero luego de haber escuchado los testimonios y después de haberlos visto abrazarse, su opinión sobre ellos había cambiado. Toda duda se había disipado para ella, en cuanto a la relación existente entre aquellas dos personas. Terminó su breve almuerzo, retiró los cubiertos y abrió su bolso para extraer una servilleta. La desdobló con cuidado, para luego envolver en ella el trozo de dulce que le habían servido. Terminada su labor se sintió presa de todas las miradas. «Es para mis gatitos, saben», dijo en tono de disculpa. «Les encanta el dulce». Todos sonrieron. Cerró su bolso y se dispuso pacientemente a esperar que le preguntaran su veredicto. Definitivamente diría: ¡Culpable!

****

Mr. John Kirby había consumido más de dos terceras partes de su vida leyendo e investigando acerca de temas policiacos, tras el mostrador de su tienda de libros usados. Según había aprendido en sus lecturas, el criminal era un sujeto frío, desalmado, calculador y despiadado, patrón que no se ajustaba a los acusados. En los primeros momentos del caso consideró que tal vez ellos habían sido víctimas de las circunstancias; pero según fueron declarando los testigos su juicio fue cambiando, hasta que el fiscal se encargó de despejar toda duda posible cuando hiciera la presentación del Manual de farmacología. Según su criterio, ellos cometieron el crimen y cuando se vieron descubiertos trataron de confundir a todos enmascarando sus verdaderas personalidades. Su experiencia literaria le gritaba: ¡Culpables!

****

El desequilibrio nervioso había hecho presa de Mr. Michael Frechnell. Sus problemas personales, de salud y empresariales, se fueron agudizando a medida que avanzaba el proceso jurídico. Sus empresas estaban desatendidas, su salud clamando cuidado y su familia esperando por él para salir de vacaciones. Mr. Frechnell no esperaba un proceso tan largo, pero reconocía lo complicado del asunto y la crueldad con que se había realizado el crimen. No se trataba de juzgar a personas que hubiesen actuado producto de la ira o la frustración, se decía a sí mismo. Estos son criminales natos. Gente capaz de todo por logar un objetivo, afirmó para sus adentros. A ratos recordaba las corrientes de los ríos españoles llenos de truchas y sentía melancolía. Recordaba el pez batallando por su vida. Recorriendo el río en su lucha por soltarse del anzuelo. Saltando vigorosamente fuera del agua, para iniciar una parábola perfecta en busca de una zambullida que le llevara a aguas profundas, para duplicar sus fuerzas. El proceso había sido largo; pero ya tocaba a su fin, pensó. Imaginó la presión del agua sobre los pantalones de goma, su mano fatigada por la manipulación de la caña de pescar, el olor a yerba, a campiña, a frutas silvestres, escuchó el ruido de la breve cascada, la suave caricia de la brisa. Quizá dentro de pocas horas pueda partir hacia allá, se dijo. Dejó de pensar y se acomodó en la silla, esperando con paciencia por la pregunta que le formularía el Dr. Levin, a la cual contestaría: ¡Culpable!

****

Miss Joan Oliver no comprendía cómo a una persona de su clase se le habían inmiscuido en un asunto tan trivial y mundano. Sus esfuerzos habían sido inútiles para encontrar una excusa que la eximiera de sus deberes. Estaba airada por el mezquino almuerzo, por la calidad humana de las personas que le rodeaban, por la ridiculez del tema que la tenía atada a aquel proceso judicial. Estaba harta de tanta tontería acerca de la niña muerta, de las relaciones entre los acusados. Lo que deseaba era irse de inmediato, escaparse de aquella aplastante realidad, salir… Una voz la sacó de sus pensamientos.

—Miss Oliver, por segunda vez le pregunto su veredicto —dijo el Dr. George Levin.

—Discúlpeme Dr. Levin. Discúlpeme. ¡Culpable!

CAPÍTULO XXIII

Amanecía. sir Ralf Wilcot se vestía presuroso. Abotonó el cuello de su camisa, anudó el corbatín. Ajustó el chaleco, lo abotonó y se enfundó en la chaqueta. Dio una última mirada al espejo, y una vez satisfecho tomó el impermeable y el sombrero de la percha, agarró el paraguas y se lanzó a la calle en busca de su auto. La mañana era fría y húmeda. Una densa neblina reducía la visibilidad a menos de dos metros del sitio del conductor. Una techumbre color gris plomizo hacía las veces de cielo. La niebla le hacía guiar más despacio que de costumbre, temía retrasarse. Sir Ralf Wilcot detuvo su auto frente a una sólida puerta de hierro que le impedía continuar la marcha. La puerta se abrió y saludó al policía de guardia mientras franqueaba la entrada. Estacionó el auto en el patio del recinto y con paso ágil se dirigió a las oficinas de la prisión. Intercambió saludos con varios agentes y pasó a reunirse con el director del penal, el cual le esperaba impaciente. Sir Ralf Wilcot tomó asiento frente a él.

Mr. Alfred Hayen estaba sentado en la cama de su celda, envuelto en queda conversación con el pastor del penal. Afuera un vigilante esperaba órdenes. La llegada de sir Ralf Wilcot acompañado del director y de otros dos hombres, interrumpió el diálogo. Abrieron la reja y a los pocos minutos el séquito acompañaba a Mr. Alfred Hayen por el amplio pasillo que conducía al patio interior de la penitenciaría. Sir Ralf Wilcot detuvo el paso y se quedó a la zaga juntamente con el resto del grupo, mientras el religioso y Mr. Alfred Hayen conversaban por última vez. A un asentimiento de cabeza hecho por el religioso, el reo fue tomado del brazo y conducido a la plataforma. Una vez allí el verdugo le colocó encima de la trampa del cadalso, ajustó el dogal al cuello del condenado y se dirigió con paso lento hacia el sitio en que se hallaba la palanca con la cual haría funcionar el mecanismo de la horca. Mientras, la voz de Mr. Alfred Hayen se dejó escuchar sentenciosamente.

—¡Mire su obra señor fiscal! ¡Contémplela, no se avergüence! ¡Este es su triunfo! ¡El triunfo de su vanidad sobre la vida de un inocente! ¡Míreme, fiscal! ¡Míre…!

Nada más se escuchó. El verdugo había abierto la trampa del cadalso y el cuerpo del condenado colgaba de la cuerda. La sentencia estaba cumplida.

Camino a su despacho sir Ralf Wilcot iba meditando sobre lo recién escuchado de labios de aquel hombre, que jamás había admitido su culpabilidad, pese a que todo lo señalaba culpable. Se preguntó nuevamente el por qué Mr. Alfred Hayen había desperdiciado su última voluntad en asegurarse que él estuviera presente para la ejecución; pero le restó importancia. El caso Lombard Street #113, ya era un caso cerrado.

CAPÍTULO XXIV

El auto del inspector Joe Fort se deslizaba a gran velocidad por las calles de Londres. Eran las cuatro de la tarde. Habían pasado ya cuatro días de la ejecución de Mr. Alfred Hayen. Harold se detuvo frente a la verja de la residencia de sir Ralf Wilcot y el inspector Fort abandonó el auto. Prácticamente a empellones se abrió paso entre los curiosos, fotógrafos y periodistas que se agolpaban frente a la entrada de la casona. Una vez que pudo alcanzar la senda bordeada de flores, que conducía a la puerta principal de la mansión del fiscal, apuró aún más el paso para salvar, a la mayor brevedad que le fuese posible, la distancia que lo separaban de la casa. La habitación en que el fiscal acostumbraba a trabajar se encontraba iluminada. Sin pensarlo, el inspector traspasó el umbral de la puerta, aún sabiendas del patético escenario que allí encontraría. Sobre el suelo, de bruces, se hallaba el cadáver de sir Ralf Wilcot. Una pistola de pequeño calibre se encontraba prisionera entre los dedos crispados, de quien fuese considerado en vida uno de los grandes valores de la jurisprudencia británica. El inspector Fort se acercó al cadáver para observar con detenimiento el orificio de bala en la sien derecha. Un hilillo de sangre, no seca, aún, indicaba que el hecho se había consumado recientemente. Una vez repuesto de la impresión, enfrentó al hombre que se mantenía de pie junto al cadáver y le preguntó.

—¿Es usted el médico de la familia?

—Sí, señor inspector —respondió lacónicamente.

—¿Cuánto hace que ocurriesen los hechos?

—Aproximadamente una hora.

—¿Cuándo usted llegó ya había fallecido?

—Su muerte fue instantánea. Cuando llegué ya no había nada que hacer. Decidí quedarme solamente para esperarle y debido al deprimente estado de Miss. Elizabeth Wilcot —dijo el médico mientras señalaba hacia el sitio donde se hallaba la hermana del fiscal.

El inspector Fort fue hacia ella. Le saludó cortésmente. Tomó una de las manos de la mujer entre las suyas, a guisa de consuelo y adhesión a su pena y, mirándola a los ojos, le dijo en tono solidario.

—Ya nada podemos hacer, Miss. Wilcot. La vida hay que tomarla como nos la ofrecen.

La dama se abrazó al inspector. Reclinó la cabeza en su hombro y rompió a llorar. Un estremecimiento sacudía su cuerpo. El inspector Fort la apartó suavemente.

—Con llorar nada remediamos, Miss. Wilcot. A su hermano me unían fuertes lazos de amistad; pero debemos superar su pérdida. Ahora lo importante es conocer los

motivos que le condujeron a tomar tan drástica decisión. Por ello le solicito se retire a sus habitaciones, mientras yo me encargo de todo.

Sobre el escritorio del fiscal un sobre ostentaba el nombre del inspector Joe Fort. Este lo tomó, lo abrió, sacó la carta que se encontraba en su interior y comenzó a leer.

Estimado amigo.

No reproches mi conducta sin antes no haber dado lectura a esta carta. Analízala y, como hombre de honor que eres, confío en que puedas comprenderme.

Hoy alrededor de las once y treinta de la mañana, recibí una llamada de mi buen amigo Mr. Lewis Thompson, director del diario The London Observer. Este me pidió que concurriese de inmediato a su oficina, en el diario, dada la importancia del asunto que tenía que discutir conmigo. Quedé con él de salir a su encuentro de inmediato y así lo hice.

Cuando arribé a su despacho me lo encontré en compañía de una señora ya entrada en años. Mr. Thompson me pidió que tomara asiento frente a él. Luego me extendió un sobre, ya abierto, el cual estuvo sellado con lacre, y procedió a explicarme que la señora había realizado un viaje desde Francia solamente para traerle la carta. Según ella, la carta había llegado a sus manos dentro de otro sobre, con instrucciones expresas, de parte de su sobrina Mrs. Luisa Lonfart, a los pocos días de ocurrida su muerte.

Ella, atendiendo a los póstumos deseos de la difunta, debía guardarla hasta que Mr. Alfred Hayen cumpliera la pena que le fuese impuesta, en relación con la muerte de su sobrina y de la pequeña Annie. En el caso de que la condena fuese muy larga o de sentirse ella enferma, debía designar a otra persona para que cumpliese con el cometido. En cambio, si Mr. Alfred Hayen era absuelto o no se establecía un proceso judicial contra él, sus instrucciones habían sido arrojar la carta al fuego, sin que nadie le diese lectura.

Según Mr. Thompson hubo de explicarme, Mrs. Annie Lonfart estuvo esperando, para entregarle la carta personalmente, hasta avanzadas horas de la mañana. La señora se rehusó, en todo momento, a dejar la carta con otra persona que la hiciera llegar a él, y fue muy específica en señalar que la selección del periódico donde debía ser publicada la misiva había sido indicada por su sobrina, por la seriedad y la amplia circulación de este medio. Luego Mr. Thompson le pidió a la señora que se identificara propiamente y en cuanto estuvo complacido, procedió a leer la carta. Cuando Mr. Thompson finalizó de leer la misiva comprendió la importancia que para mí encerraba, por lo que me llamó a su despacho, con urgencia.

Mientras leía la carta mis ojos no podían dar crédito a lo que allí estaba escrito. Finalicé de leer y le solicité a Mr. Thompson que retuviera la publicación de la misiva hasta el otro día, pues debía resolver algunos asuntos de vital importancia y la publicación de la carta seguramente lo impediría. Mr. Thompson, como un buen amigo que siempre ha sido, aceptó pues de todas formas tenía la primicia de la noticia asegurada.

Le solicité, además, someter la carta a un perito en caligrafía, con el objetivo de despejar cualquier duda posible, pues yo tenía en mi poder notas escritas por Mrs. Luisa Hayen, las cuales había recogido en mi visita a Lombard Street #113, y podría comprobar con ellas la legitimidad de aquella carta. Una vez que los tres estuvimos de acuerdo, llamamos al perito calígrafo Mr. Olaf Slovant, del departamento técnico de Scotland Yard, el cual solicitó que pasásemos por sus oficinas con el material a investigar. Firmé entonces un documento en el cual reconocía la existencia de la carta, su contenido y mi compromiso en regresarla, a la redacción del periódico, en horas de esta tarde de hoy. Todo lo cual se hizo a insistencias de Mrs. Annie Lonfard y para su tranquilidad.

Con la supuesta carta escrita por Mrs. Luisa Hayen y las breves notas recogidas por mí en la casa de huéspedes, las cuales tenía la certeza absoluta que habían sido escritas por ella, me fui a ver a Mr. Slovant. Poco tiempo le llevó a este determinar que quien había escrito la carta, era la misma persona que había escrito las notas.

Nombro a mi hermana Elizabeth mi heredera universal, la cual espero sepa perdonar mi acción.

Finalmente, quisiera pedirte un último favor. Luego de que hayas leído la carta de Mrs. Luisa Hayen, la cual se encuentra en la gaveta superior de la torre derecha de mi escritorio, te ruego la hagas llegar, de inmediato, a Mr. Lewis Thompson, en la redacción de The London Observer. Gracias.

Tu amigo,
sir Ralf Wilcot.

El inspector Joe Fort dejó sobre el buró la carta que le escribiese su finado amigo. Refregó sus ojos en busca de alivio para su cansada vista y luego dirigió su mano hacia el tirador de la gaveta indicada. La abrió y extrajo de ella el sobre al cual hiciera referencia sir Ralf Wilcot en su despedida.

CAPÍTULO XXV

A quien lea esta carta.

Conocí a Alfred hace ya algún tiempo, a través de un amigo de mi difunto esposo. Él lo trajo ante mí con el fin de que yo encontrara en él la persona que pudiese administrar los bienes que heredé al enviudar. Con el paso del tiempo Alfred y yo contrajimos matrimonio.

En sus manos el estado financiero de los negocios empeoró y para que Alfred no fuera a la cárcel accedí a que se vendiera la casa en que vivíamos, la cual había sido parte de la herencia recibida, y nos pasáramos a vivir a una casa de huéspedes, que resultó ser propiedad de Mrs. Mary Gautal.

Apenas transcurridos unos meses de habitar en dicho lugar, comprendí que mi esposo sostenía relaciones amorosas con Mrs. Gautal. Nada dije que pudiese alertarlos.

Comencé a vigilar todos sus movimientos hasta que no me quedó duda alguna de que en verdad eran amantes. Unos deseos de venganza, que frisaban el borde de la locura, hicieron presa de mí.

Deseché la idea de matarlos con mis propias manos, pues pensé que el sufrimiento para ellos sería muy poco. Sin embargo, mi pequeña Annie arrastraría con la imagen de ser hija de una asesina durante toda su vida. Formas de llevar a cabo mis propósitos había varias; pero escogí entre ellas, las que más les hiciera sufrir y más bochorno les ocasionara, sin que ellos pudiesen impedirlo.

Entregada a mis cavilaciones estaba cuando tropecé con un tratado de farmacología, el cual Alfred leía asiduamente, en busca de un estimulante sexual. Allí encontré la solución a mi problema, por lo que preparé de inmediato un viaje a Francia, con el pretexto de visitar a la tía Annie. En este viaje contaría con las mejores oportunidades para obtener todo lo necesario para ejecutar mi plan, sin levantar sospechas.

Una vez en Francia, visité la consulta de un médico que ejerce en un villorrio, lejano al sitio donde vive la tía Annie. El doctor resultó ser, para más suerte, un hombre mayor el cual, luego de practicar su profesión en París durante más de cuarenta años, había decidido buscar la paz y la tranquilidad de la vida en provincia.

A sus preguntas sobre cuáles eran los motivos de mi visita a su consultorio, le contesté que me decidí a verle por recomendación de una amiga, que me había comentado sus aciertos, en el tratamiento de la astenia, mediante el uso del arsénico.

Como pocas son las personas que pueden escapar a un elogio de este tipo, el doctor procedió a darme una explicación detallada sobre el tema y se empeñó, inclusive, en mostrarme literatura al respecto, la cual fue a buscar a una habitación contigua; momentos estos que aproveché para tomar un talón de recetas con su membrete, de encima de su buró y ponerlos dentro de mi cartera.

Salí de allí con lo que había ido a buscar. Luego reproduje, en varias hojas del recetario, la fórmula que me diera el galeno. Para no levantar sospechas fui de pueblo en pueblo, haciéndome preparar la receta, hasta que tuve en mi poder la cantidad necesaria de la fórmula para realizar mis planes.

Pasé por la aduana los frasquitos con la medicina ocultos en un doble fondo que hice en mi cartera, por lo que el oficial encargado del chequeo del equipaje, no se percató de ello.

Ya de nuevo en Lombard Street #113 comencé a poner en práctica mi plan. Suministré la primera dosis del medicamento y me quejé de las ratas, para que Mrs. Gautal, conocedora de que Alfred sabía cómo preparar una pasta raticida eficaz, con base de arsénico, le solicitara a este que la hiciese.

Alfred trajo el arsénico y preparó el raticida con la mitad del producto comprado, dándole a Mrs. Gautal la otra mitad, para que la guardase. Resto este que sustraje y suplanté por talco común, el cual derramé en el bote de la basura.

Al día siguiente aumenté la dosis tal cual lo indicaba el método, que rezaba así: «Comenzar por una gota al día e ir agregando diariamente una hasta llegar a veinte. Al llegar a esa cantidad disminuya la dosis en la misma forma, reduciendo una gota diaria del medicamento a proporcionar. Se debe observar de modo riguroso esta metodología, pues una equivocación consigue provocar una grave intoxicación que puede ocasionar hasta la muerte».

Hoy hace doce días que el arsénico está trabajando en los organismos de Paul y Jeannie Donalt, así como en los de Mrs. Gautal y en el de Alfred. En el transcurso de este tiempo no se han originado mayores adversidades. Sólo los Donalt se mostraron indispuestos; pero felizmente todo pasó.

En lo que a mí respecta, debo confesar que he enfrentado momentos en que me han faltado las fuerzas para seguir adelante, inclusive, hasta he considerado abandonar mi empeño. Pero Alfred me convenció anoche de que debía seguir adelante, al negarse a dejar la casa e ir en busca de la felicidad fuera de estos viejos muros. Ahora sólo me queda esperar la cena de esta noche para finalizar esta pesadilla. Ya es tarde para arrepentirse y volverse atrás. Lo que desearía es que mi sacrificio no fuese inútil.

Si llegara a fallar mi plan, esta carta no será leída por persona alguna, pues he dado órdenes de quemarla. En cambio, si todo sale como lo he planeado, usted que la está leyendo ahora, será testigo de lo que puede el deseo de venganza de una mujer ofendida. Como también lo sabrán los lectores de su diario.

Esta noche, luego de que haya pasado algún tiempo de la cena, todos los habitantes de la casa sufriremos a causa de una intoxicación producida por arsénico. Como consecuencia de la misma, mi pequeña Annie y yo moriremos. Los demás padecerán por un tiempo; pero no morirán, como resultado de la tolerancia que he creado en sus organismos, durante todos estos días.

Las investigaciones irán dirigidas a conocer cómo se produjo la intoxicación y cuál fue el tóxico utilizado para ello, para luego encaminarse a buscar qué motivaciones condujeron a los hechos. Motivos para matarme le sobran a Alfred, además, me encargué de que ambos tuvieran que comprar arsénico nuevamente, lo cual puede comprometerlos aún más.

Confío que si todo marcha como lo he planeado, ambos sean juzgados por homicidio. En los últimos días me he dado a la tarea de informarles a las vecinas las relaciones que sostienen ambos y el daño que Alfred causara a mi economía.

Esta será mi venganza, pues se verán juzgados y seguramente condenados por un delito que no cometieron e impotentes a la vez de defenderse. Espero que sean condenados a unos años de prisión y luego, a la salida de la cárcel, se tropezarán con esta carta. ¿Qué mayor castigo puede existir para ellos?

Por mi parte no veo razón alguna para continuar existiendo, sin tener prácticamente a dónde ir y sin fortuna alguna. En cuanto a Annie, ¿qué haría la nena sin mí? ¿Quién cuidaría de ella? ¿Quién la mimaría como yo la mimo?

Considero no me queda nada más por aclarar. Confío en que la tía Annie cumpla al pie de la letra con todas mis indicaciones. Cerraré el sobre que contiene esta carta con lacre y se lo enviaré, juntamente con las indicaciones a seguir, dentro de otro sobre, el cual pondré en correos en cuanto salga a la calle. Aprovecharé también la oportunidad para deshacerme del último frasco vacío del medicamento y de la pasta raticida que preparó Alfred, la cual suplanté por una hecha a base de talco, para facilitarle la labor a la policía.

Por esa misma razón pienso quemar esta noche, en la polvera de Mrs. Gautal, el resto perdido de aquella primera compra de arsénico, pues según tengo conocimiento es posible identificar el producto entre residuos de papel o tejido; aunque sea sometido al fuego juntamente con ellos. Para evitar el olor a papel quemado pienso regalarle a Alfred una caja de cigarrillos turcos después de la cena, pues el aroma de ellos dominará el ambiente.

El tratado de farmacología, que tan atentamente lee Alfred, voy a dejarlo en un sitio en que se destaque, por si Alfred decide no leer esta noche. Si por el contrario se ajusta a su tradición, él se encargará de dejarlo en el lugar apropiado para que la policía lo encuentre, pues considero que su hallazgo puede ayudar a mis planes.

Ahora sólo me resta esperar por la hora de la cena. Lo único que lamento es la corta vida que ha disfrutado mi pequeña Annie.

FIN